Bianca

D0842034

LA HEREDERA Y EL AMOR
Lynne Graham

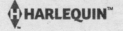

HARLEQUIN™

Editado por Harlequin Ibérica.
Una división de HarperCollins Ibérica, S.A.
Núñez de Balboa, 56
28001 Madrid

© 2018 Lynne Graham
© 2019 Harlequin Ibérica, una división de HarperCollins Ibérica, S.A.
La heredera y el amor, n.º 2721 - 21.8.19
Título original: The Italian's Inherited Mistress
Publicada originalmente por Harlequin Enterprises, Ltd.

I.S.B.N.: 978-84-1328-128-5
Depósito legal: M-20698-2019
Impreso en España por: BLACK PRINT
Fecha impresion para Argentina: 17.2.20
Distribuidor exclusivo para España: LOGISTA
Distribuidor para México: Distibuidora Intermex, S.A. de C.V.
Distribuidores para Argentina: Interior, DGP, S.A. Alvarado 2118.
Cap. Fed./Buenos Aires y Gran Buenos Aires, VACCARO HNOS.

MIXTO
Papel procedente de
fuentes responsables
FSC® C108412

Este libro ha sido impreso con papel procedente de fuentes certificadas según el estándar FSC, para asegurar una gestión
responsable de los bosques.

Capítulo 1

ESO ES imposible. ¡No me lo creo! –Alissandru Rossetti saltó de su silla en plena lectura del testamento de su hermano, lleno de incredulidad ultrajada–. ¿Por qué demonios le iba a dejar algo Paulu a esa putita? –preguntó, a nadie en particular.

Por suerte, los únicos presentes eran su madre, Constantia, y el abogado de la familia, Marco Morelli, pues todos los intentos por contactar a la beneficiaria principal del testamento habían resultado infructuosos. Desconcertado por aquella reveladora palabra, «principal», Alissandru se había limitado a fruncir el ceño, pensando que era muy propio de su difunto hermano Paulu haber dejado sus bienes terrenales a alguna ONG caritativa. Después de todo, su esposa Tania y él habían muerto juntos y no tenían hijos, y él, Alissandru, su hermano mellizo, no necesitaba heredar, pues no solo era el mellizo mayor y dueño de la hacienda familiar de Sicilia, sino también multimillonario por derecho propio.

–Respira hondo, Alissandru – le pidió Constantia, que conocía bien el temperamento fogoso de su hijo–. Paulu tenía derecho a dejar sus bienes a quien quisiera y no sabemos si la hermana de Tania merezca un calificativo tan desagradable.

Alissandru paseaba por el pequeño despacho, comportamiento que resultaba claramente intimidatorio en un espacio confinado porque medía más de un metro noventa de estatura y, vestido con uno de los elegantes trajes negros que le gustaba usar, presentaba una figura fuerte y poderosa. Aquel color funerario le había hecho ganarse el apodo de «El Cuervo» en la City de Londres, donde eran famosos sus instintos agresivos en los negocios, como correspondía a un empresario que sobresalía en el nuevo campo de la tecnología. Paseando por el despacho, recordaba al abogado a un tigre al acecho encerrado en una jaula.

«¿No sabemos si merece ese calificativo?», pensó, ultrajado, recordando a Isla Stewart, la adolescente pelirroja a la que había conocido en la boda de su hermano seis años atrás. Con apenas dieciséis años, vestía una ropa sexualmente provocativa y exhibía sus curvas núbiles y sus piernas bien formadas en una oferta claramente sexual al mejor postor. Y ese mismo día, más tarde, la había visto salir de uno de los dormitorios con la ropa descolocada, solo un momento antes de que uno de los primos de él saliera de la misma habitación colocándose los puños de la camisa y atusándose el pelo. Obviamente, Isla era igual que su hermana Tania, una mujer descarada, lasciva y deshonesta.

—No sabía que Paulu estuviera en contacto con la hermana de Tania —admitió, cortante—. Sin duda lo engañó tan fácilmente como su hermana y se hizo un hueco en su blando corazón.

Hablaba con un dolor muy real, porque había querido mucho a su hermano y todavía, seis semanas después del accidente de helicóptero que había arrebatado la vida a Paulu y a Tania, le costaba creer que no volvería a hablar con él nunca más. Peor aún, no podía sacudirse la culpa de saber que no había podido proteger a su hermano de la arpía intrigante que era Tania Stewart. Desgraciadamente, los últimos años de Paulu habían sido muy desgraciados, pero se había negado a divorciarse de la vil modelo de ropa interior con la que se había casado con tanta prisa, creyendo que ella estaba embarazada, solo que, «sorpresa, sorpresa», pensó Alissandru con cinismo, había resultado ser una falsa alarma.

Tania había continuado destruyendo la vida de su hermano con su constante despilfarro, sus astutas rabietas y, finalmente, con su infidelidad. Sin embargo, durante todos esos excesos, Paulu había seguido adorándola como si fuera una diosa. Porque, desafortunadamente para él, su hermano había sido un alma gentil, una persona cariñosa, leal y comprometida. Tan distinto a Alissandru en todos los sentidos, como la noche al día. Y, sin embargo, este había valorado mucho aquellas diferencias y confiado en Paulu de un modo como no había confiado jamás en ninguna otra persona. Y aunque lo enfurecía pensar que otra mujer Stewart se las había arreglado para engañar y manipular a su hermano y que hiciera un testamento así, había también una parte de él que se sentía traicionada por Paulu.

Después de todo, este sabía cuánto significaba para Alissandru la hacienda familiar y, sin embargo, había dejado su casa dentro de esa hacienda y todo su dinero a la hermana de Tania. Un gran regalo para la chica y una bofetada para Alissandru, aunque sabía que Paulu se habría cortado la mano antes que hacerle daño. Y en honor a la verdad, él jamás habría imaginado que un trágico accidente pudiera acabar a la vez con su vida y la de su esposa y despejar así el camino para que su cuñada heredara lo que jamás debería haber sido suyo.

–Paulu visitó a Isla varias veces en Londres durante la etapa en la que… –Constantia vaciló, eligiendo las palabras con tacto–… en la que Tania y él estuvieron separados. Apreciaba a esa chica.

–¡Nunca me lo dijo! –explotó Alissandru con ojos llameantes y mucha tensión en sus rasgos morenos. No quería ni imaginar que otra mujer Stewart hubiera impresionado a su hermano con su encanto seductor con el que solo pretendía buscar beneficios. Paulu siempre había sido muy blando con las historias lacrimógenas.

Alissandru, por su parte, nunca había sido tan tonto. Le gustaban las mujeres, pero estas lo amaban, lo perseguían como a una raza rara porque era rico y soltero. Cuando era más joven había oído muchas historias lacrimógenas y en un par de ocasiones, llevado por la inexperiencia, había caído en la trampa, pero hacía ya años que no era tan ingenuo ni imprudente. Elegía a sus amantes entre mujeres de su estrato social. Las mujeres con dinero propio o carreras muy exigentes eran la mejor apuesta para el tipo de aventuras pasajeras en las que se especializaba. Comprendían que no estaba listo para echar raíces y practicaban la misma discreción que él.

–Sabiendo lo que pensabas de Tania, no me extraña que Paulu no te lo dijera –comentó su madre con gentileza–. ¿Qué vas a hacer?

–Comprarle la casa de Paulu. ¿Qué otra cosa puedo hacer? –preguntó Alissandru.

Se encogió de hombros con rabia ante la perspectiva de tener que enriquecer a otra mujer Stewart. ¿Cuántas veces había pagado deudas de Tania para proteger a su hermano de las exigencias insaciables de su esposa? ¿Pero qué otra cosa podía hacer? Tania estaba muerta y enterrada y su hermana ni siquiera se había molestado en acudir al funeral. Todos los intentos por contactar con ella en su última dirección conocida habían sido infructuosos. Eso ya lo decía todo sobre el vínculo débil que había entre las hermanas, ¿no?

–Habrá que encontrar a la hermanita de Tania –dijo, con un leve tono de amenaza.

Isla se sopló los dedos congelados. El viento le enfriaba el rostro por debajo del gorro mientras daba de comer rápidamente a las gallinas y recogía los huevos. Pensó animosa que tendría que hacer algo de repostería para gastarlos y a continuación se sintió culpable por pensar así cuando su única hermana y su cuñado estaban muertos.

Y peor aún, ella no se habría enterado de lo ocurrido de no ser porque un vecino amable se había acercado la semana anterior a darle la trágica noticia en persona. Sus tíos, los propietarios de la granja en las Highlands de Escocia en la que estaba Isla, habían ido a visitar a la familia de su tía en Nueva Zelanda, habían leído en internet la noticia de las muertes de Tania y Paulu en un accidente de helicóptero y habían llamado de inmediato a los vecinos para que preguntaran a Isla si quería que volvieran a casa para que ella pudiera viajar a Italia.

¿Pero qué sentido tendría ese viaje si ya se había perdido los funerales? Le resultaba muy triste no haber llegado a conocer nunca a su propia hermana. Se habían criado separadas y Tania era diez años mayor. Isla había sido la hija no planeada y no muy bienvenida, una llegada tardía después de la muerte prematura de su padre. Su madre, Morag, que hacía lo que podía por sobrevivir, se había ido a Londres con Tania a buscar trabajo y dejado a Isla al cuidado de su abuela hasta que pudiera reunirse con ellas.

Desgraciadamente, esa reunión nunca se había producido. Isla había crecido en la misma granja de las Highlands donde se había criado su madre con sus abuelos y estos habían sido sus verdaderos padres a todos los efectos. Morag iba de vez en cuando por Navidad e Isla tenía vagos recuerdos de una mujer de rostro suave y cabello rojizo rizado, como el suyo, y de una hermana rubia mucho más alta que, ya de adolescente, se había convertido en una belleza clásica. Tania se había ido de casa a una edad temprana para ser modelo y la madre de Isla había muerto no mucho después de una enfermedad renal que padecía desde hacía tiempo. De hecho, la primera vez que Isla se había comunicado directamente con su hermana había sido cuando esta había llamado a la granja para invitarla a su boda en Sicilia.

A la chica la había humillado que no invitara también a sus abuelos, pero los ancianos habían insistido en que fuera sola porque Tania se ofrecía generosamente a pagarle el viaje. Como eran personas justas, también le habían hecho ver que Tania nunca había tenido la oportunidad de llegar a conocer a ninguno de ellos y que, aunque fueran parientes de sangre, en realidad eran casi extraños.

Isla sentía vergüenza todavía al recordar lo fuera de lugar que se había sentido en aquella boda lujosa llena de invitados importantes y ricos y en la desagradable experiencia que había tenido al verse arrinconada por un depredador más mayor. Pero lo peor de todo había sido que la anhelada conexión con su única hermana no se había producido. En realidad, la actitud que tenía Tania ante la vida la había escandalizado.

—No, puedes agradecerle la invitación a Paulu —le había dicho Tania—. Dijo que tenía que haber algún miembro de mi familia presente y pensé que una adolescente era mucho mejor que los viejos aburridos de la granja de los que hablaba mamá. Este matrimonio significa un ascenso social para mí y no quiero parientes pobres con acento escocés de campo que disminuyan mi estatus delante de nuestros invitados.

Isla había intentado no juzgarla y había decidido que su hermana se mostraba tan franca debido a que había tenido una educación liberal mucho menos anticuada que la suya.

—Esa chica estaba desenfrenada —había dicho una vez su abuela—. Tu madre no podía controlarla ni darle nunca todo lo que quería.

—¿Pero qué quería Tania? —había preguntado Isla,

decepcionada porque después de la boda no había habido ninguna mención a que las hermanas volvieran a encontrarse.

–El único sueño que ha tenido era ser rica y famosa –su abuela había soltado una risita–. Y por la boda que has descrito, parece que esa carita guapa le ha conseguido lo que quería.

Pero aquello no era verdad. Isla recordó su siguiente encuentro con su hermana varios años después, cuando ella también se había mudado a Londres. Sus abuelos habían muerto con pocas semanas de diferencia y su tío se había hecho cargo de la granja. Le había pedido que se quedara con ellos, pero después de haber pasado meses ayudando a su abuela a cuidar de su abuelo enfermo y muy triste todavía por la pérdida de ambos, Isla había considerado que tenía que salir de su zona de confort en la granja y buscar independencia.

–Paulu me engañó –había insistido Tania con desdén tras anunciar que había abandonado a su esposo y el domicilio conyugal–. No puede darme lo que prometió. No puede permitírselo.

Y poco después de eso, Paulu había ido a visitar a Isla en su humilde habitación para pedirle consejo sobre su irascible hermana. A ella le había parecido un hombre encantador, muy enamorado de Tania y desesperado por hacer lo que fuera preciso por recuperarla. Se le empañaron los ojos al pensar que al menos Paulu había conseguido volver con el amor de su vida antes de la muerte de ambos, había recuperado esa felicidad antes de que el destino segara brutalmente sus vidas antes de tiempo. Paulu le había caído bien. De hecho, había llegado a conocerlo mucho mejor que a su propia hermana.

¿Había seguido él su consejo sobre cómo recobrar el interés de Tania? Ya nunca lo sabría.

Alimentó el fuego de turba que había en la cómoda cocina de la granja y se quitó con alivio la ropa de fuera. Le encantaba estar en la granja, pero echaba de menos la vida social con sus amigos de la ciudad. Vivir donde había crecido implicaba que hasta ir al cine en Oban exigía planificación y un largo recorrido en automóvil. Pero en unas semanas más volvería al sur tras haber cumplido la promesa hecha a sus tíos. Estos eran encantadores, pero no tenían hijos y solo podían recurrir a ella para que cuidara de la granja. Hacía más de veinte años que su tía no iba a Nueva Zelanda y a Isla le había alegrado ayudarla a cumplir ese sueño, sobre todo porque la petición había llegado en el momento en el que cerraba el café en el que llevaba tiempo trabajando de camarera y el alquiler de su habitación se había puesto por las nubes.

Las ovejas y gallinas de sus tíos no podían cuidarse solas, y menos en invierno o cuando se esperaba mal tiempo. Miró con nerviosismo el cielo gris: habían anunciado fuertes nevadas.

Sonrió cuando vio a Puggle, su perro, acomodar osadamente su pequeño cuerpo al lado de Shep, el pastor escocés viejo y cada vez más sordo de su tío que lo había ayudado con las ovejas. Puggle adoraba el calor, pero el animalito era la adquisición menos práctica que había hecho nunca Isla. Seguramente lo habían abandonado en una carretera próxima, pues se había presentado temblando y hambriento la semana de la llegada de Isla y ella no sabía cómo iba a poder conservarlo cuando volviera a Londres, pero con su modo de mover la cola, sus ojos enormes y sus orejas ridículamente grandes, había conseguido hacerse ya un hueco en su corazón. Tenía mucha mezcla de razas, con un toque de chihuahua y caniche porque tenía un pelo muy rizado detrás de las orejas, pero también tenía patas muy cortas y unas extrañas manchas irregulares blancas y negras. Lamentablemente, parecía que no lo buscaba nadie, porque ella había avisado a las autoridades y no había tenido noticias.

Frunció el ceño al oír el sonido fuerte de un helicóptero, porque las ovejas odiaban los ruidos fuertes, pero sabía que los animales estaban a resguardo en el refugio grande que había en el prado, pues eran capaces de predecir la temperatura tan bien como cualquier meteorólogo. Minutos después, cuando se preparaba una taza de té, la sobresaltó que Puggle empezara a ladrar segundos antes de que sonaran dos golpes fuertes en la maciza puerta de madera de la casa.

Asumió que sería el vecino más próximo de su tío, que estaba amablemente pendiente de ella, y fue a abrir la puerta, pero enseguida se echó hacia atrás, sorprendida.

Era Alissandru, el hermano mellizo de Paulu, el hombre increíblemente sexy y atractivo que la había dejado sin palabras la primera vez que lo viera cuando era una adolescente ingenua. Era inconcebible que estuviera en la puerta de la granja, con el pelo negro movido por el viento y sus ojos oscuros iluminando unos rasgos clásicos bronceados por un clima más cálido. Ya en la boda, Isla había pensado que era un hombre increíblemente hermoso, cuando él se movía por allí como un volcán a punto de estallar, emanando una emoción intensa y extraordinaria. Recordó que Tania lo odiaba y que lo culpaba de todo lo que iba mal en su matrimonio con Paulu.

Alissandru miró a Isla, vestida sorprendentemente con pantalón de chándal y un jersey largo y con los pies descalzos y decidió al instante que era una mujer que pasaba apuros. De no ser así, ¿por qué iba a estar de vuelta en la casa familiar en mitad de ninguna parte? Una explosión de rizos pelirrojos le caía por los hombros, y sus ojos de un azul violeta se veían enormes sobre la porcelana perfecta de su piel. Sus gruesos labios rosas seguían abiertos por la sorpresa. Él pensó que era otra belleza como su diabólica hermana y se negó a reaccionar de ningún modo al impulso súbito de deseo que sintió. Era un hombre con sus debilidades físicas y responder a un rostro atractivo y un cabello hermoso solo probaba que tenía una libido sana. No tenía por qué machacarse por ello.

–¿Alissandru? –preguntó ella, incrédula, dudando de sí misma por lo sorprendente de la llegada.

Nunca había hablado con él, quien la había ignorado totalmente en la boda.

–¿Puedo pasar? –preguntó él, imperioso, reprimiendo un escalofrío a pesar de que llevaba un abrigo negro de cachemir encima del traje.

Isla recordó sus modales y retrocedió.

–Por supuesto. Claro que sí. Hace mucho frío, ¿verdad?

Alissandru pasó la vista por el humilde interior, poco impresionado por la amplia estancia que hacía las veces de cocina, comedor y sala de estar. Sí, definitivamente, a ella no le iba bien para vivir en un antro así. Seguramente algún hombre la había calado y la había echado de su lado sin vacilar. Estaba seguro de que la noticia de la herencia la haría feliz y le irritaba tener que ser él quien se lo dijera.

–Iba a preparar té. ¿Quieres una taza? –preguntó ella, dudosa.

Alissandru echó atrás su atractiva cabeza, con lo que resultó aún más palpable lo alto que era, dado lo bajo del techo. Sus ojos, aparentemente oscuros, adquirieron un brillo dorado intenso bajo las luces con las que Isla combatía la oscuridad invernal que allí tan al norte llegaba tan pronto. Ella, incapaz de resistirse, lo miró fijamente, embelesada por aquellos ojos increíbles, gloriosamente flanqueados y acentuados por pestañas negras. Volvió rápidamente su atención a la preparación del té y cuando se dio cuenta de que aún no le había dado el pésame, pensó que la aparición de él le había paralizado las neuronas.

–Lamento mucho tu pérdida –murmuró, incómoda–. Paulu era una persona muy especial y me caía muy bien.

–¿Ah, sí? –Alissandru la miró de hito en hito, con ojos que brillaban como el sol en su atractivo rostro moreno. En su postura y en su tono había algo raro–. Dime, ¿cuándo empezaste a acostarte con él?

Isla se quedó paralizada por lo ofensivo de la pregunta.

–¿Cómo has dicho? –murmuró, preparando el té de espaldas a él. Pensó que seguramente había oído mal.

–Te he preguntado cuándo empezaste a acostarte con mi hermano. Siento mucha curiosidad porque la culpa explicaría muchas cosas –repitió Alissandru entre dientes. Quería que ella se girara porque deseaba verle la cara.

–¿Culpa? –ignorante todavía de lo que podría haber llevado allí a Alissandru Rossetti a insultarla de aquel modo, Isla renunció a seguir preparando el té y se volvió–. ¿Se puede saber de qué hablas? ¿Cómo puedes preguntarme eso sobre el hombre que estaba casado con mi hermana? –replicó, con el rostro rojo de furia y de vergüenza.

Alissandru se encogió de hombros al quitarse el pesado abrigo, que colgó en el respaldo de una silla en la mesa de la cocina.

–Ha sido una pregunta sincera. Naturalmente, siento curiosidad y no puedo preguntarle a Paulu.

Un leve temblor en su voz reveló a Isla que realmente él había sufrido mucho la pérdida de su hermano mellizo, mucho más que ella la de una hermana a la que solo había visto un puñado de veces. Alissandru Rossetti sufría y eso hizo mermar un poco la furia de ella.

–No sé por qué se te ocurre hacerme una pregunta así –admitió con más calma, observándolo como si fuera un fuego artificial sin explotar que todavía burbujeaba peligrosamente.

Paulu le había dicho en una ocasión que su hermano no podía comprender su amor por Tania porque él nunca había estado enamorado y carecía de profundidad emocional para enamorarse, pero Isla no estaba de acuerdo con eso. Ella veía en él a un hombre muy volátil que hervía de emoción y cada chispa de sus extraordinarios ojos transmitía claramente esa realidad.

Estaba allí de pie, debajo de la bombilla desnuda del techo, con el cabello negro azulado brillando como seda cara, los rasgos duros de su cara del color del bronce y sin hacer nada por ocultar la fuerza de su mandíbula o el ángulo de su arrogante nariz aristocrática, y el asomo de barba que oscurecía la piel alrededor de su boca solo servía para resaltar aún más la sensualidad de sus labios cincelados. Isla sintió un calor nuevo, que aumentó su incomodidad.

¿Quería hacerle creer que ella no sabía nada del testamento? ¿Lo tomaba por tonto?

Alissandru se puso tenso. Odiaba el papel en el que lo habían colocado las circunstancias y enderezó los hombros con un disgusto instintivo.

—Te he hecho esa pregunta porque Paulu te ha dejado en su testamento todas sus posesiones.

Isla abrió la boca con incredulidad y lo miró varios segundos en silencio hasta que fue capaz de hablar.

—No, eso no es posible —tartamudeó—. ¿Por qué iba a hacer eso? Eso sería una locura.

Alissandru enarcó una ceja de color ébano.

—¿Sigues diciendo que no te acostaste con él cuando te iba a ver durante su separación de Tania? Solo un puritano te condenaría por bajarte las bragas en aquel punto, cuando él era casi un hombre libre legalmente.

Isla reaccionó por fin con aquellas palabras profundamente ofensivas. Se acercó a la puerta y la abrió de par en par, lo que provocó la entrada de una ráfaga de aire helado que hizo estremecerse a Alissandru Rossetti.

—¡Fuera! —dijo ella con fiereza—. ¡Vete de aquí y no vuelvas a acercarte a mí nunca más!

Alissandru se echó a reír.

—Eso es, vamos a quitarnos los guantes y ver a la auténtica Isla Stewart.

Puggle gruñía con un tono bajo y daba vueltas alrededor de los pies de Alissandru, quien no le hacía el menor caso.

—¡Fuera! —repitió Isla con energía, con sus ojos azules llenos de furia.

Él, sin moverse, la observaba con un regocijo cínico, como si contemplara una obra de teatro entretenida. Enloquecida por su falta de reacción, Isla agarró su elegante abrigo y lo arrojó por la puerta al suelo congelado de fuera.

—¡Márchate! —repitió con terquedad.

Alissandru se encogió de hombros con indiferencia.

—No tengo adonde ir hasta que vuelva el helicóptero a buscarme dentro de una hora —dijo.

—En ese caso, deberías haberte esforzado por ser un visitante educado. Ya he tenido bastante por hoy —repuso ella con energía—. Eres el hombre más odioso del mundo y por fin empiezo a entender por qué te aborrecía mi hermana.

—¿Tenemos que meter a esa zorra en la conversación? —preguntó Alissandru con tanta suavidad que Isla casi no oyó la palabra.

Y en ese momento perdió los estribos. Su hermana había muerto y ella lamentaba profundamente que eso implicaba que ya no podía esperar tener la relación que siempre había anhelado tener con ella. La falta de respeto de él por la difunta era demasiado para soportarla y se lanzó contra él con intención de abofetearlo, aunque dos brazos poderosos se lo impidieron.

—¡Eres un bastardo... un bastardo absoluto! —le gritó llorando—. ¿Cómo te atreves a insultar así a Tania cuando está muerta?

—También se lo dije a la cara. El hombre casado por el que dejó a Paulu no era el primer amante ni tampoco fue el último que tuvo durante su matrimonio —le informó Alissandru. La soltó y la apartó de sí con firmeza, como si le repugnara tenerla tan cerca—. Tania se acostaba más a menudo con otros hombres que con su esposo. No puedes esperar que santifique su memoria ahora que ha muerto.

Isla palideció y se apartó de él con disgusto. ¿Sería verdad? ¿Cómo saberlo? Tania siempre había hecho lo que quería, sin importarle la moralidad ni la lealtad. Isla había captado eso en su hermana y se había negado a pensar demasiado en ella porque había preferido buscar parecidos entre ellas en lugar de centrarse en todo lo que las separaba.

—Paulu me lo habría dicho —murmuró con desesperación.

—Paulu no sabía todo lo que hacía ella, pero yo sí. No vi motivos para humillarlo con la verdad —confesó Alissandru con dureza—. Ya sufrió bastante con ella para que yo aumentara aún más la agonía.

La rabia abandonó entonces a Isla. ¿Qué hacían discutiendo por un matrimonio con problemas cuando los dos miembros de la pareja habían muerto? Era una locura. Se recordó que Alissandru sufría y que le causaba amargura que su hermano hubiera necesitado a

Tania cuando era evidente que él en su lugar la habría dejado a la primera oportunidad. No era un hombre indulgente, un hombre que pasara por alto la fragilidad moral en otros.

–Recoge tu abrigo –dijo con impaciencia–. Tomaremos té, pero si quieres permanecer bajo este techo, no volverás a insultar a mi hermana. ¿Está claro? Tú tienes tu opinión sobre ella pero yo tengo la mía y no permitiré que ensucies los pocos recuerdos que conservo de Tania.

Alissandru observó el rostro serio de ella. Tenía forma de corazón y mostraba determinación y exasperación. Jamás en la vida lo había mirado una mujer como lo miraba ella en aquel momento. Como si estuviera harta de él y fuera la más controlada y pragmática de los dos. Alissandru recogió su abrigo. Después de todo, hacía frío incluso dentro de la casa.

Pensó que ella era una criaturita extraña. No flirteaba con él ni lo halagaba. Y él no tomaba té. Era siciliano. Bebía café del mejor y *grappa* de la más pura. Admitió para sí que era posible que hubiera sido más grosero de lo que era inteligente en esas circunstancias. Tenía muy mal genio. Eso lo sabía todo el mundo, pero ella no. Ella le hablaba como si fuera un niño furioso e incontrolable. Alissandru se dirigió desde la puerta hacia el fuego, pero por el camino algo le mordió el tobillo y se agachó con una maldición siciliana a apartar al animalito que le había clavado los dientes en la pierna.

–¡No! –gritó Isla. Se acercó a recoger al extraño perro, pero solo después de meterle un dedo en la boca para hacerle soltar el calcetín de seda de Alis-

sandru y la carne de debajo–. Puggle es solo un cachorro, no sabe lo que hace.

–Me ha mordido –protestó Alissandru.

–Te lo merecías –Isla acunó al extraño animalito
contra su pecho como si fuera un bebé–. No te acer-
ques a él.

–No me gustan los perros –le informó Alissandru
son sequedad.

La joven le lanzó una mirada de irritación.

–Dime algo que me sorprenda –comentó.

Puggle miró a su víctima con sus grandes ojos oscuros desde la seguridad de los brazos de Isla y Alissandru habría jurado que el animal sonreía.

Capítulo 2

ALISSANDRU se sentó de mala gana delante de la mesa de la cocina, con el abrigo puesto. El silencio era incomodo, pero se negaba a romperlo. No ayudaba que nunca en su vida hubiera tenido tanto frío ni que Isla siguiera correteando por allí descalza y obviamente mucho más habituada que él a aquella temperatura. Su cuerpo quería tiritar pero él, terco hasta la médula, reprimía rigurosamente ese impulso.

Observando los pasos rápidos de Isla por la pequeña zona de la cocina que ocupaba la mitad de aquella estancia claustrofóbica de techo bajo, se sorprendió notando las curvas sorprendentemente exuberantes que la ropa poco halagadora que llevaba dejaba entrever. Su hermana Tania había sido alta y delgada como una modelo, pero Isla era bajita de estatura y con curvas amplias en el pecho y las caderas. Alissandru reconoció para sí que prefería a ese tipo de mujeres y se puso rígido al notar que su cuerpo respondía a algo más que al frío intenso.

Aunque se esforzó por reprimirla, su respuesta no le sorprendió porque Isla era hermosa, aunque con una belleza mucho menos llamativa y mucho más natural que las bellezas que él estaba acostumbrado a conocer. No era una mujer que pararía el tráfico, pero atraía continuamente la atención de un hombre a los huesos delicados de su cara, la vivacidad de sus ojos y la plenitud de sus labios, que inspiraban imágenes eróticas a los hombres. «A cualquier hombre», se recordó él.

Su teléfono móvil sonó en aquel momento.

–¡Caray! ¡Tienes cobertura! –exclamó Isla, sorprendida–. Tienes suerte. Yo tengo que recorrer más de un kilómetro para usar mi teléfono.

La llamada fue una interrupción bienvenida para Alissandru, pues lo sacó de un raro momento de introspección y de unos pensamientos que lo irritaban. Se levantó de un salto y contestó al teléfono con una sensación de alivio por verse conectado de nuevo con su mundo. Pero desgraciadamente, la llamada era para darle una mala noticia y se acercó rápidamente a la ventana a mirar los copos de nieve que caían ya y se agitaban con la fuerza del viento.

–El helicóptero no puede recogerme hasta mañana –dijo con irritación e impaciencia–. Esta noche hay ventisca.

–O sea que estás atrapado aquí –concluyó ella, pensando dónde meterlo.

Había solo un dormitorio con una cama y no había sofá ni nada más que pudiera hacer de sustituto. Normalmente, cuando se quedaba con sus tíos, pedían prestado un sofá cama viejo al vecino y lo instalaban abajo para ella, pero como estaba sola, dormía en la cama de ellos.

–¿Hay un hotel o algo de ese tipo por aquí? –preguntó él.

–Me temo que no –respondió ella con desgana.

Dejó la taza de té de él al lado de la silla que acababa de abandonar–. Tendríamos que conducir kilómetros y podríamos quedarnos atrapados en el coche. Con un tiempo así solo salimos si es imprescindible.

Alissandru respiró con fuerza y se pasó la mano por el pelo.

–Es culpa mía –gruñó, sombrío–. El piloto me advirtió antes de partir de las condiciones meteorológicas y del riesgo y no le hice caso.

Isla apretó los labios con tacto y se privó de comentar que eso no le sorprendía. Alissandru Rossetti tenía una personalidad muy poderosa y probablemente escuchaba raramente el consejo de otros cuando iba en contra de sus deseos. Evidentemente, había querido ir a verla ese día y no había estado dispuesto a esperar a que hubiera mejores condiciones para volar. Y su impaciencia le había salido cara.

–Puedes quedarte aquí –dijo con sequedad–. Y seguro que a los dos nos encanta esa perspectiva.

En los ojos de él apareció una chispa de regocijo, que los iluminó como una tentación dorada. Ella se preguntó por qué se habría molestado la naturaleza en bendecirlo con unos ojos tan hermosos cuando la mayor parte del tiempo se veían fríos y duros por el recelo. Apartó de sí aquel pensamiento extraño e intentó pensar en qué podía descongelar para la cena.

Alissandru volvió a sentarse y alzó su taza de té, pensando si no hubiera sido mejor pedir café porque, aparte de los problemas matrimoniales de su hermano, nunca había estado en una posición en la que se viera obligado a poner buena cara en una situación mala. Probablemente estaba muy mimado en lo relativo al lujo, pues la familia Rossetti siempre había sido rica. Era cierto que su habilidad para los negocios había enriquecido mucho más a sus seres queridos, pero tenía que buscar varias generaciones atrás para encontrar a un antepasado que no hubiera podido pagarse lujos. El té resultó no ser tan horrible como esperaba y sirvió para calentarlo un poco.

–¿Dónde dormiré? –preguntó con cortesía.

Isla se levantó rápidamente.

–Ven, te lo mostraré –dijo con incomodidad. Empezó a subir la pequeña escalera de caracol que había en un rincón.

Alissandru miró las tres puertas que daban a un rellano del tamaño de un sello de correos.

–Este es el cuarto de baño –dijo ella, abriendo una de las puertas–. Y aquí es donde tienes que dormir tú –añadió con rigidez. Abrió una habitación que era más grande de lo que él esperaba y tenía una cama doble, muebles anticuados y una chimenea.

–¿Dónde dormirás tú? –preguntó él.

–Este es el único dormitorio –admitió ella, esquivando la pregunta–. Antes había dos, pero mi tío los unió cuando descubrió que no podían tener hijos. No quería tener un dormitorio vacío al lado que les recordara ese hecho.

El frío ártico del aire le enfriaba la cara a Alissandru.

–Aquí no hay calefacción –comentó, preguntándose cómo era posible que alguien pudiera vivir así en pleno invierno.

–No, pero puedo encenderte la chimenea –se ofreció ella.

Se mordió el labio inferior cuando lo vio reprimir

un escalofrío y recordó el calor del clima de Sicilia, que le resultaba tan ajeno a ella como aquel frío extremo parecía resultarle a él.

—Te agradecería mucho que lo hicieras —comentó Alissandru, con una humildad desconocida en él.

Isla pensó un momento en lo que implicaba acarrear troncos y carbón escaleras arriba, pero enseguida apartó eso de su mente. Él era un invitado y a ella la habían educado en la creencia de que había que mimar a los invitados siempre que fuera posible.

—Me daré una ducha. Si hay agua caliente —Alissandru la observó con aire interrogante. Empezaba a asimilar que no había nada que pudiera dar por sentado en una casa tan humilde.

—Hay mucha agua caliente —le aseguró ella, más animosa—. Pero no tienes equipaje, así que déjame ver si hay algo de mi tío que puedas usar —dijo, acercándose a la cómoda situada al lado de la ventana.

—Eso no será necesario —le aseguró Alissandru, al que le producía disgusto pensar en usar la ropa de otro hombre.

—A mi tío no le importaría y es alto como tú —repuso Isla, que interpretó mal su respuesta y pensó que no quería causar molestias. Abrió varios cajones y sacó unos vaqueros desgastados y un jersey grande, que parecía haber vivido días mejores antes de la última guerra mundial. Dejó ambas cosas sobre la cama—. Estarás más cómodo con esto que con ese traje. Voy abajo a preparar algo de cenar.

—Gracias —musitó Alissandru—. Teniendo en cuenta lo que he dicho al llegar, estás siendo sorprendentemente amable.

La joven se volvió a mirarlo.

—Me parece que tú no tienes muy en cuenta lo que dices —admitió con una sonrisa espontánea que iluminó su rostro como un amanecer glorioso—. Y estás completamente fuera de tu entorno, así que voy a ser indulgente. Yo me sentía igual de fuera de lugar en tu casa de Sicilia.

—Yo creía que te habíamos hecho sentirte bienvenida.

Isla se sonrojó y él la miró fascinado e incluso se acercó un poco más para verla mejor.

—Pues claro que sí —dijo ella—. Tenía un dormitorio maravilloso y la comida era increíble —comentó, sabedora de que se había mostrado grosera y muy consciente de la proximidad de él—. Pero no era mi mundo y estaba como pez fuera del agua. Era la primera vez que iba al extranjero, nunca había visto una casa como la vuestra excepto en la televisión. Allí todo era desconocido y un poco... perturbador.

Alissandru observó el pequeño pulso que latía justo encima de su clavícula y deseó poner la boca allí. Estaba seguro de que su corazón latía con la misma fuerza porque, naturalmente, ella reconocía la tensión sexual que había en la atmósfera. «Por supuesto que sí», pensó con cinismo. Tenía veintidós años, ya no era una adolescente precoz sino una mujer adulta en todos los sentidos de la palabra. Con eso en mente, levantó una mano para alzarle la barbilla, miró sus ojos azules sobresaltados y el tono rosa que le iluminaba de pronto las mejillas. Se sonrojaba. ¿Cuánto hacía que no veía a una mujer que se sonrojaba? Seguramente era debido a que tenía la piel muy blanca y a que la controlaban los mismos pensamientos eróticos que a él.

Estaba casi seguro de que aceptaría si le proponía sexo. Las mujeres siempre aceptaban. No recordaba cuándo había sido la última vez que lo habían rechazado y la química entre Isla Stewart y él era indudable. Eso no le gustaba, pero el mismo impulso poderoso que lo excitaba era lo que mantenía viva a la raza humana y era algo muy difícil de resistir para un hombre no acostumbrado a negarse un deseo tan normal. La imaginó tumbada sobre la cama, encima de aquel edredón feo, muy blanca, lujuriosa, sonrojada y pecosa. El sexo sería un modo práctico de calentarse y de paso disfrutar.

Bajó lentamente la cabeza para darle tiempo a retirarse. Pero Isla estaba paralizada en el sitio, perturbada por la tensión que notaba en los pezones y el pulso de calor que palpitaba en el centro de su cuerpo. Había sentido un par de veces antes algo parecido con otros hombres, pero la atracción había desaparecido en el instante en que la habían tocado, lo que la había convencido de que tenía que ser la fértil imaginación de las mujeres lo que explicaba muchos encuentros de los que más tarde se arrepentían. Sin embargo, en aquel momento, en el que su instinto de conservación la urgía a apartarse, la curiosidad la mantenía allí porque, inexplicablemente, quería saber si ocurriría lo mismo con él.

Y él la besó en la mejilla y en las sienes y la rozó con los labios de un modo exploratorio.

—Si quieres parar, dímelo ahora —susurró.

Isla se estremeció, atrapada por sensaciones que

no había conocido nunca, con el cuerpo encendido por las caricias de él, y el calor súbito en su pelvis la hizo retorcerse. Y el olor de él tan cerca... ¿Cómo describir aquel perfume evocador a colonia y virilidad que la hacía estremecerse?

—Hazlo —se oyó decir con deseo. Y la sorprendió el sonido estrangulado de su voz.

Alissandru la besó en los labios con pasión y ella le echó los brazos al cuello para afianzar unas piernas que parecían haberse vuelto de paja. La apretó contra él con una fuerza que al principio la desconcertó y luego le gustó. La lengua de él penetró en su boca, juguetona, se entremezcló con la suya y una oleada de sensaciones explotó por su cuerpo. Un gemido estrangulado brotó de su garganta y él se apartó, tan excitado por el pequeño ruido ronco de ella, que tuvo que parar un poco.

—Necesito esa ducha, llevo todo el día viajando, *gioia mia* —dijo con voz espesa y los ojos dorados fijos en el rostro sonrojado y avergonzado de ella–. Pero espero esta velada con expectación.

Y desapareció en el cuarto de baño. Isla bajó las escaleras corriendo y se miró un momento en el espejo de la pared de la cocina, donde vio que tenía el cabello convertido en una masa de rizos de fuego y el rostro tan caliente que se podían freír huevos en él.

¿Por qué lo había alentado? Una idea estúpida teniendo en cuenta que él tenía que pasar la noche allí y era el tipo de hombre acostumbrado a sexo fácil y pasajero. En la boda, Tania le había comentado que Alissandru tenía muchas aventuras. Pero no podía negar que, cuando se le había presentado la oportunidad, se había aferrado a ella y a él, desesperada por saber lo que sentiría cuando la besara un hombre tan sofisticado y con una sensualidad de alto voltaje. Y después de haberlo averiguado, pensaba que habría sido mejor no descubrirlo.

Él sabía besar bien, pero, por supuesto, no irían más allá. Ella estaba emparentada con Tania y, al parecer, él había odiado a su hermana tanto como esta a él. No, no ocurriría nada más. Y mientras se lo decía así, se esforzaba porque eso la aliviara en lugar de decepcionarla. Como le había dicho Tania una vez, necesitaba salir al mundo y hacerse una vida, pero su hermana había sido mucho más segura de sí y mucho más experimentada que ella, e incluso confesaba abiertamente que prefería la compañía de hombres a la de mujeres.

Isla, por su parte, había sido educada con valores victorianos y eso no la había ayudado a encajar en el mundo real. La mayoría de los hombres a los que había conocido esperaban sexo la primera noche, y los que no habían exigido sexo como si fuera un derecho adquirido, no le habían gustado lo suficiente para experimentar. En parte, también, por la experiencia negativa de su primer encuentro con los impulsos sexuales masculinos. Todavía recordaba con disgusto al hombre mayor que la había seguido hasta el dormitorio de Tania en Sicilia y la había arrinconado allí. Entonces estaba poco preparada para lidiar con un incidente así y se había sentido asustada y asqueada cuando él había intentado tocarla donde no debía. Ese episodio había hecho que, durante años, la pusiera nerviosa estar a solas con hombres.

No obstante, había permanecido virgen más por

falta de tentaciones que por ninguna otra razón, confiando en que al final aparecería el hombre indicado. Pero su mente sabía muy bien que Alissandru Rossetti nunca sería ese hombre. Había odiado a su hermana y era evidente que estaba predispuesto también en contra de ella. Era altamente improbable que quisiera una relación con la hermana de Tania.

Aparte de todo lo demás, él no tenía relaciones. No buscaba una mujer especial ni un compromiso. No le interesaba echar raíces. Isla hizo una mueca mortificada y salió a la nieve y el frío con el cubo de carbón, mofándose de su estupidez. Alissandru la besaba una vez y ella empezaba a lamentar que no pudieran tener futuro como pareja. ¡Qué ridícula! Él saldría corriendo como el viento si se enteraba. Su abuela la había educado de un modo muy poco en concordancia con el mundo moderno y le había inculcado creencias que otros habían abandonado hacía mucho.

Se dijo con impaciencia que Alissandru sería el peor hombre imaginable con el que ponerse a experimentar. No. Le encendería fuego en el dormitorio, le haría una cena caliente y ella pasaría la noche dormitando en un sillón. Si había contribuido a que él esperara algo más que un beso por su parte, y estaba segura de que así era, le dejaría claro que no iba a ocurrir nada. Y con la cantidad de opciones que tenía un hombre como él, esa decepción no le partiría el corazón. De hecho, era muy probable que solo se le hubiera insinuado porque era la única mujer disponible. Arrugó la nariz. Las atenciones de él ya no le parecían tan halagadoras.

Acarreó teas, carbón y leños arriba y encendió

fuego en la chimenea, oyendo el ruido del agua en el cuarto de baño. No quedaría agua caliente para ella, seguramente él habría vaciado el tanque. La cocina económica conseguía calentar el tanque de agua, pero Isla estaba entrenada para no pasar más de diez minutos debajo de la ducha.

Alissandru, que había entrado en calor por primera vez desde que llegara al norte congelado de Escocia, se secó vigorosamente con una toalla y salió al frío rellano en calzoncillos. Entró a toda velocidad en el dormitorio, donde las llamas calientes del fuego le dieron la bienvenida. En su impaciencia por llegar al calor, olvidó bajar la cabeza para esquivar las vigas del techo y se dio un buen golpe en el cráneo. Gimió, se tambaleó un momento en el sitio y cayó como un tronco sobre el suelo de madera.

Isla oyó el golpe de algo pesado que caía arriba y se quedó un momento inmóvil. Pensando que Alissandru habría tirado algo, alzó los ojos al cielo y siguió cortando verdura para el estofado que estaba preparando. Al menos él había salido ya de la ducha y cuanto antes metiera la cazuela al horno, antes podrían cenar.

¿Qué habría tirado? Isla arrugó la frente porque había pocas cosas en el dormitorio y nada que pudiera hacer un ruido de tal magnitud, a menos que fuera el armario o la cómoda. Nerviosa de pronto, lo llamó desde la escalera, pero no obtuvo respuesta. Apretó los labios, subió y, por la puerta entreabierta, lo vio tumbado de espaldas en el suelo. Estaba desnudo salvo por unos calzoncillos negros de algodón. Lanzó una exclamación, corrió hacia él y se quedó horrorizada al ver que estaba inconsciente. ¿Qué demonios se había hecho?

Le tocó un hombro y notó que estaba muy frío, así que se levantó de un salto y lo envolvió con el edredón de la cama. Una vez hecho eso, le pasó los dedos por el pelo con cuidado y notó la viscosidad suave de la sangre y un chichón. Respiró con fuerza y corrió abajo para llamar al doctor.

Desafortunadamente, el doctor había salido a otra casa, pero su esposa, una mujer amable y pragmática a la que Isla conocía desde niña, le explicó cómo había que tratar a un paciente con una conmoción y lo que podía esperar. Isla volvió sin aliento al lado de Alissandru y la alivió ver que movía los párpados y parecía recobrar el conocimiento.

–¿Alissandru? –murmuró.

Él levantó las pestañas y la miró con el ceño fruncido.

–¿Qué ha pasado?

–Te has caído. Creo que te has golpeado la cabeza con algo.

–Me duele la cabeza –admitió él. Alzó la mano e intentó tocársela. Estaba claramente desorientado y torpe y ella le agarró la mano antes de que llegara a tocarse la hinchazón.

–Quédate un momento inmóvil hasta que consigas orientarte –le pidió–. Te traeré analgésicos en cuanto sea seguro que te deje solo.

Alissandru la miró fijamente. El borrón del rostro iba adquiriendo detalles poco a poco. Parpadeó porque, a la luz de las llamas, su pelo parecía estar ardiendo. La masa de rizos centelleaba en distintos colores, que iban desde toda la gama de rojos hasta el dorado. Sus ojos azules mostraban tanta ansiedad, que enseguida deseó tranquilizarla.

–Estoy bien –mintió instintivamente–. ¿Por qué estoy en el suelo?

–Te has caído –volvió a recordarle ella, preocupada por su confusión–. ¿Puedes mover las piernas y los brazos? Queremos comprobar que no hay nada roto antes de intentar levantarte.

–¿Quiénes queremos?

–Tú y yo, los dos –aclaró ella–. No te pongas tiquismiquis. Me has dado un buen susto cuando te he visto tumbado ahí.

–Los brazos y las piernas están bien –confirmó Alissandru, moviendo su cuerpo poderoso con un gemido–. Pero la cabeza me está matando.

–¿Crees que podrías levantarte? Estarías más cómodo en la cama –señaló ella.

–Pues claro que puedo levantarme –le aseguró Alissandru. Pero no era tan fácil como suponía y como esperaba Isla, porque en cuanto empezó a incorporarse, se mareó y la joven tuvo que esforzarse por sujetarlo y que no cayera.

Sin embargo, como pesaba demasiado, lo apoyó en la cama y él sacudió la cabeza como si quisiera despejarla y murmuró algo en siciliano que ella sospechaba que era una maldición.

–Me siento como si estuviera muy borracho –reconoció él de mala gana. Se agarró al colchón para incorporarse.

–Te sentirás mejor cuando vuelvas a estar tumbado –declaró Isla, que confiaba en tener razón y estaba enfadada consigo misma por no poder evitar fijarse en el cuerpo casi desnudo de él.

Pero Alissandru era todo un espectáculo, teniendo además en cuenta que ella nunca había visto a un hombre en ese estado tan cerca. Claro que había visto a hombres en bañador en la piscina, pero nunca había sentido la tentación de mirarlos, mientras que no podía apartar la vista de los músculos abdominales y los bíceps poderosos de Alissandru. ¿Era porque lo conocía? ¿Simple curiosidad femenina? Se sonrojó y se acercó a ayudarlo a darse la vuelta y subirse a la cama.

Pero lo que parecía fácil resultó que no lo era tanto, porque en su miedo de que él volviera a caerse, acabó clavada entre la cama y él, y conseguir que se tumbara en el colchón requirió una cantidad considerable de contacto físico que la dejó empapada de sudor y de vergüenza. Al fin logró que estuviera tumbado, pero para entonces era dolorosamente consciente de la excitación que tanto roce físico había provocado en él. Recogió el edredón que seguía en el suelo y se lo echó por encima con gran alivio.

—Ahora quédate así y no te muevas. Y tampoco te toques la cabeza —le dijo—. Voy abajo a buscar analgésicos y el botiquín.

Alissandru sonrió medio mareado.

—Eres una mandona, ¿no?

—Reacciono bien en las crisis y esto es una crisis, aunque de no ser por la esposa del doctor McKinney, no habría sabido qué hacer contigo —admitió Isla, culpable—. En cuanto tenga ocasión, haré uno de esos cursos de primeros auxilios que son tan populares ahora.

—Estaré bien —le aseguró él, impresionado a su pesar por la preocupación genuina de ella.

Tania lo habría pateado aprovechando que estaba en el suelo y se habría aprovechado de su vulnerabilidad como hubiera podido, pero el único objetivo de Isla era cuidar de él lo mejor posible. Apoyó la dolorida cabeza en la almohada y reprimió un gemido. Se sentía atrapado y sabía que ni siquiera era capaz de ponerse de pie solo. Además veía borroso, aunque iba recuperando poco a poco el enfoque normal. Tendría que haberle dicho a Isla que había cursado cuatro años de la carrera de medicina antes de que la muerte de su padre lo hubiera obligado a dejar la universidad. Ni su hermano ni su madre estaban en aquel momento en situación de asumir el control de los negocios familiares. Alissandru había tenido que intervenir y encargarse de todo y, si en aquel momento había odiado tener que renunciar a su sueño de convertirse en doctor, desde entonces había aprendido a amar el tira y afloja del mundo de los negocios y a disfrutar con el canto de sirena de tecnologías nuevas en las que valía la pena invertir.

Isla volvió con un vaso de agua y un par de píldoras.

—No sé si te ayudarán —dijo con pena, intentando colocarle almohadas detrás para ayudarlo a sentarse.

—Adormecerán el dolor —Alissandru bebió toda el agua y volvió a tumbarse—. Quiero dormir, pero sé que no debo dormir mucho rato.

—Yo no lo sabía hasta que la esposa del doctor me ha dicho que tengo que estar pendiente de ti y despertarte si es necesario para ver si empeoras. Pero si el helicóptero no ha podido recogerte esta tarde, no sé cómo van a llegar los servicios de emergencia –comentó–. Levanta la cabeza.

Isla se arrodilló a su lado y pasó los dedos con cuidado por su pelo sedoso. Limpió la sangre hasta que pudo ver el corte y trazar con los dedos la hinchazón de debajo.

–No parece que necesites puntos, pero sigue sangrando un poco. Podrías haberte partido el cráneo. Procura no moverte. Voy a ver cómo va la cena y vuelvo a subir.

–¿No podrías apagar la luz? –preguntó él–. Me hace daño a la vista.

Isla apagó la lámpara de la mesilla y alimentó el fuego para que siguiera ardiendo. Antes de salir de la estancia, lo miró de nuevo y vio que sus ojos oscuros reflejaban el calor dorado del fuego. Estaba inmóvil, su energía innata parecía haber desaparecido.

Revisó la cazuela que había en el horno y preparó una bandeja. Después subió de nuevo a ver a Alissandru, al que encontró despierto mirando el fuego.

–Se supone que tengo que hacerte preguntas estúpidas como qué día es hoy y quién es el primer ministro –comentó ella.

Alissandru le dio las respuestas al instante.

–No me pasa nada en el cerebro –dijo–. Solo que funciona más lento que de costumbre –extendió el brazo y dio unas palmadas en el lado vacío de la cama–. Ven a sentarte y hazme compañía. Háblame de Paulu y de ti.

Isla se puso rígida y permaneció donde estaba. Recordaba la herencia que había mencionado él y le resultaba incómodo pensar que su difunto cuñado le hubiera dejado algo.

–Éramos amigos. Cuando Tania y él estaban separados vino a verme varias veces para hablar de ella, aunque yo no podía decirle gran cosa porque no la conocía muy bien –comentó con voz tensa–. Tu hermano me caía muy bien, pero te aseguro que no hubo nada sexual entre nosotros.

Alissandru levantó un poco de la almohada la maltrecha cabeza y se encogió de hombros.

–Si lo hubiera habido, eso explicaría muchas cosas –comentó.

–No lo hubo –respondió Isla.

–No pienso disculparme –le advirtió él–. Era natural que sospechara.

La joven apretó los dientes y reprimió un comentario brusco sobre su falta de fe en el comportamiento de la familia y la clase de personas a las que debía de conocer él para albergar sospechas tan sórdidas. Era un hombre duro y desconfiado y ella no iba a cambiar eso discutiendo con él.

–Paulu jamás le habría sido infiel a mi hermana.

Alissandru apretó sus labios sensuales.

–Pues es una lástima.

–Subiré la cena cuando esté lista –dijo ella. Sacó ropa limpia de la alacena que había en el rellano y entró al cuarto de baño a ducharse.

Le costaba mucho no responder a los comentarios mordaces de Alissandru, pero estaba decidida a no volver a perder los estribos con él. La había asustado perder los nervios cuando se había lanzado sobre él para intentar abofetearlo. Él sacaba un lado suyo que no le gustaba. Resultaba terrorífico perder el control de ese modo.

Se secó con una toalla y se puso un chándal con piel de borrego que podía hacer también de pijama en las noches más frías. Era de color gris, asexuado y poco revelador. En cualquier caso, estaba convencida de que el accidente de Alissandru había hecho desaparecer cualquier expectativa lujuriosa que pudiera haber despertado en él al responder a su beso. Por suerte, ya estaban más allá de ese nivel, aunque no entendía por qué eso le producía una punzada de decepción.

Solo había envidiado una vez a Tania y había sido cuando se había dado cuenta de cuánto la quería Paulu a pesar de sus caprichos. Su hermana, por su parte, acostumbrada a tener éxito con los hombres, se limitaba a aceptar la devoción de su esposo como algo que le correspondía por derecho.

Pero nadie había querido nunca a Isla de ese modo.

Tania había sido el ojito derecho de su madre, pero Isla apenas había conocido a su progenitora y su padre había muerto antes de que naciera. Sus abuelos habían sido buenos y cariñosos, pero ella había sido siempre consciente de que era una carga y un gasto para dos pensionistas, que habían trabajado duro toda su vida con muy pocas recompensas materiales.

El interés momentáneo de Alissandru había despertado su imaginación y llenado su cuerpo de una energía nueva porque ese beso había sido lo más excitante que le había ocurrido jamás. ¿Y acaso no era eso patético?

Capítulo 3

MIENTRAS Isla se mantenía ocupada en la cocina y preparando la bandeja, Alissandru yacía aburrido en la cama y pensaba por qué la joven no le había preguntado todavía qué era lo que había heredado de su hermano. ¿Era una táctica deliberada, calculada para impresionarlo con su falta de avaricia? Pero ¿por qué iba a querer impresionarlo? Después de todo, ella recibiría la herencia independientemente de lo que pensara él. Su actitud, no obstante, era una anomalía y a él no le gustaban las anomalías. Se negaba rotundamente a aceptar que Tania pudiera tener una hermana que no fuera codiciosa.

Pensó en el beso que le había dado y se preguntó qué se había apoderado de él para hacer eso. La hermana de Tania era una elección muy poco apropiada. Pero sabía a fresas con nata y evocaba los sabores de un día de verano y de la luz del sol. Alissandru frunció el ceño, forzado a reconocer que su cerebro aún no había recuperado su funcionamiento normal. Si su cerebro dejaba pasar una comparación tan ridícula seguramente se debía a que el golpe le había causado más daño del que creía. No había necesidad de imaginar sabores y veranos.

Sin embargo, no tenía más remedio que reconocer

que, en el momento en el que ella lo tocaba o se acercaba a él, Alissandru reaccionaba con un impulso de excitación casi juvenil. Ninguna mujer lo había excitado tan deprisa ni con tanta facilidad, y eso lo preocupaba, porque bajo ningún concepto quería tener una aventura con la hermana de Tania.

Isla le llevó la bandeja y lo observó incorporarse un poco y apoyarse en las almohadas para comer. Su piel bronceada brillaba a la luz del fuego, lo que realzaba su físico musculoso, que parecía salido de la fantasía de una mujer. Isla se sonrojó y se preguntó si no debería ofrecerle un pijama de su tío. ¿Pero eso no la haría parecer puritana? Estaba casi segura de que Alissandru llevaba muy poca ropa en la cama.

–¿Qué demonios llevas puesto? –preguntó él cuando aceptó la bandeja.

–Es abrigado.

–¿Dónde está tu comida?

–Abajo –admitió ella, tensa.

–¡Por caridad, Isla! –exclamó él–. Es aburrido estar aquí solo.

La joven se lamió el labio inferior con incomodidad.

–La subiré aquí –dijo al fin. Se sentía un poco tonta por querer evitarlo solo porque la hacía sentirse incómoda.

Bajó a por su comida y se sentó al lado de él en el lateral de la cama, sonrojada por la mirada de regocijo que le lanzó Alissandru cuando ella subió las piernas para equilibrar la bandeja en sus rodillas.

–Todavía no me has explicado tu relación con Paulu –musitó él.

Isla apretó los dientes en el tenedor.

—Nos hicimos amigos. Estaba disgustado por la ruptura de su matrimonio e intenté aconsejarle sobre cómo recuperar a Tania.

—Me alegra saber que tengo que agradecerte a ti ese último error —comentó él con sequedad.

—Necesitas una tecla de filtrado antes de hablar —repuso ella con aspereza.

—Cuéntame qué consejo le diste —le pidió él.

Isla ladeó la cabeza para mirarlo e inesperadamente se le ablandó el corazón. En el brillo de curiosidad de los ojos de él reconoció el hambre de saber y entender cualquier cosa de su hermano mellizo de la que él hubiera sido excluido y, naturalmente, Paulu no le había contado su impaciencia por recuperar a su esposa.

—Paulu se comportaba como un acosador. Enviaba a Tania emails, mensajes de texto y la inundaba de invitaciones y eso no lo llevaba a ninguna parte. A Tania la irritaba que la hubiera seguido a Londres —confesó de mala gana—. Me dijo que su matrimonio se había acabado.

—¿Y qué cambió luego?

—No estoy segura, porque, aparte de un mensaje que me envió Paulu diciéndome que se iban a dar otra oportunidad, no volví a saber nada de ellos. Pero yo le aconsejé que dejara de perseguirla y le diera tiempo y espacio. Ella daba por hecho que él era suyo, ¿sabes?

—Sí —asintió él, sombrío.

—Pero al mismo tiempo, Paulu era el refugio seguro de Tania y yo sospechaba que, si él se alejaba y ella empezaba a temer que lo iba a perder, quizá se lo pensara dos veces.

–Me resulta inconcebible que Paulu y yo compartiéramos el mismo útero. Casi no teníamos nada en común.

–Erais mellizos.

–Yo heredé más rasgos de mi padre, pero Paulu no tenía ni un pelo agresivo en todo el cuerpo.

–Tenía dones más importantes –repuso Isla–. Era bueno, cariñoso y generoso.

–Sí, muy generoso –repuso Alissandru, sombrío. Dejó la bandeja en la cama y apoyó los hombros en el cabecero–. Si no hubiera estado a punto de arruinarse por satisfacer todos los caprichos de Tania antes de casarse con ella, no habría tenido tantos problemas económicos después.

Isla dejó también su bandeja a los pies de la cama.

–¿Tú siempre haces eso? –preguntó–. ¿Adoptar el punto de vista más sombrío?

–La verdad puede doler y yo no la esquivo.

–Pero te niegas a ver lo feliz que hacía Tania a tu hermano. Puede que a ti no te cayera bien, pero él la adoraba y yo me alegro de que volvieran a estar juntos antes de morir –confesó ella–. ¿Era muy feliz la última vez que lo viste?

Alissandru pensó en el último encuentro con su hermano. Irónicamente, solo unos días antes del accidente, Paulu había entrado en su despacho lleno de alegría y le había anunciado que Tania estaba dispuesta a intentar quedarse embarazada. A Alissandru le había sorprendido el deseo de su hermano de tener un hijo porque él nunca había tenido esa aspiración. No, eso era algo que imaginaba para un futuro lejano, no para el presente.

—Era feliz —admitió de mala gana.

Y al decirlo, sintió que liberaba parte de su pena. De pronto resultaba consolador mirar atrás y reconocer que los últimos meses de Paulu habían sido felices porque había vuelto a reunirse con el amor de su vida y habían planeado juntos un futuro más asentado.

Isla se giró a mirarlo con ojos llenos de comprensión.

—¿Y eso no te hace sentirte mejor? A mí sí.

Era una verdad muy sencilla y, sin embargo, él no la había visto por sí mismo. Con un movimiento repentino, le pasó un brazo por los hombros y la estrechó contra sí.

—Gracias —dijo con voz ronca y aliviada y ojos llenos de emoción.

Isla pensó que tenía unos ojos muy hermosos. Y mientras los miraba, él bajó la cabeza oscura y la besó en los labios, lo que le provocó a ella un anhelo tan hondo que se estremeció.

—Tienes frío —asumió Alissandru.

La subió a su regazo, echó el edredón hacia atrás, la colocó debajo, la tapó con él, volvió a tomarla en sus brazos y se echó a reír.

—Eres peluda como un osito de peluche —dijo—. ¿De verdad hay una mujer debajo de la piel?

Isla hizo una mueca, sorprendida por su risa.

—No quería llevar nada provocativo contigo.

—Definitivamente, no es provocativo —le aseguró él, apartándole el pelo de la cara—. Pero solo tengo que mirarte para desearte, *mia bella*.

La joven lo miró, sorprendida y sin poder creer apenas que estaba en la cama en sus brazos. ¿Podía ser cierto que lo atraía hasta ese extremo, aunque ha-

bía despreciado a su hermana y demostrado con sus
acusaciones sobre Paulu que estaba también predispuesto en contra de ella?

–No pienses tanto –le dijo Alissandru. Alisó con
un dedo el ceño que se le formaba a ella en la frente.

El calor del cuerpo de él filtrándose a través del
chándal la hacía sentirse abrigada y segura. La deseaba. Alissandru Rossetti la deseaba y, de algún
modo, eso la hacía sentirse menos sola. Pero con
veintidós años había perdido ya a todas las personas a
las que había querido y se sentía sola a menudo. Sus
tíos eran una de esas parejas que están tan bien juntos
que raramente invitan a otras personas y, aunque
siempre le aseguraban que era bienvenida, ella no se
sentía cómoda invitándose por su cuenta.

–¿Ahora ya tienes calor? –preguntó Alissandru.
Deslizó una mano debajo del top de ella y la colocó
en su estómago.

Isla contuvo el aliento al sentir la mano de él en la
piel. No podía pensar con claridad y sintió un instante
de pánico porque nunca había estado en una situación
tan íntima con un hombre. Sabía que Alissandru esperaba sexo. ¿Y por qué no? Después de todo, por fin
estaba con un hombre que hacía que el corazón le la-
tiera tan deprisa que se sentía sin aliento. ¿Y no habría que celebrar eso en lugar de negarlo o reprimirlo?

–Sí, eres tan eficaz como una manta eléctrica –dijo
nerviosa.

Él la miró con incredulidad.

–Eso no me lo habían dicho nunca.

Isla sabía que había llegado el momento de mencio-
nar su falta de experiencia porque, obviamente, él no

tenía ni idea, pero el orgullo le hizo guardar silencio. Pensaría que era una *friqui* por seguir virgen a su edad y no quería que pensara eso de ella. Prefería que asumiera que estaba tan acostumbrada al sexo como él.

—Me siento en paz por primera vez en semanas —admitió Alissandru, reflexivo—. Lo que has dicho de que Paulu era feliz me ha ayudado.

—Me alegro —susurró ella. Levantó una mano y pasó los dedos por la mandíbula de él, valorando la dureza de su piel y la sombra oscura de la barba que acentuaba su hermosa boca.

—Te deseo —susurró él, con el cuerpo caliente y tenso con aquella simple caricia.

La besó en la boca, haciéndola sentir mariposas en su vientre y se apretó más contra ella para que notara su erección entre los muslos. Esa presión en ese punto hizo que ella fuera muy consciente de que era justo allí donde necesitaba que la tocara. Alissandru se apartó para sacarle la parte de arriba del chándal por la cabeza y ella dio un respingo sorprendido y le costó resistirse al impulso de cubrirse los pechos desnudos.

El aire frío le erizó los pezones y se sonrojó profundamente cuando él la miró con ansia.

—Es un pecado cubrir eso —gruñó Alissandru. Tomó con una mano reverente un pecho coronado por un pezón rosado e inclinó la cabeza para saborearlo con la boca.

Isla sintió que su espalda se arqueaba por voluntad propia y alzó la pelvis mientras brotaba calor entre sus piernas. Él jugaba con el otro pecho, tiraba del sensible pezón hasta que la cabeza de ella cayó hacia atrás y extendió el cuello en respuesta. Nunca había

sentido nada tan poderoso, no sabía que su cuerpo
tuviera la capacidad de sentir algo tan intenso. Y entonces, antes de que pudiera recuperar el aliento, Alissandru le quitó las bragas y le separó los muslos para
enterrar su boca allí.

Eso escandalizó a Isla, que abrió los labios secos
para protestar. Por supuesto, sabía lo que hacía él,
pero no se le había ocurrido que eso pudiera gustarle
a ella, hasta que Alissandru acercó la lengua al punto
más sensible que había en su cuerpo y la embargó una
marea espectacular de sensaciones. Y esa marea no
hizo más que crecer cuando la penetró con los dedos
y ella se retorció en respuesta, emitiendo jadeos entre-
cortados y, por una fracción de segundo, cuando la
cima explosiva de placer explotó en ella, vio miles de
estrellas y gritó fuera de control.

Alissandru le sonrió con gran satisfacción.

–Me encanta una mujer apasionada –dijo con voz
espesa–. Tú estás a mi altura.

Isla se hallaba aturdida de satisfacción cuando él
se alzó y le levantó las piernas para facilitar su acceso
al cuerpo todavía palpitante de ella. La joven seguía
desconcertada por lo que le había hecho y lo que había sentido e incluso se cuestionaba todavía si debían
hacer aquello cuando él tenía una conmoción.

–¿Te encuentras bien? –preguntó con brusquedad.

–Dentro de unos minutos me sentiré muchísimo
mejor –afirmó Alissandru con certeza, y ella sintió su
empuje poderoso en la entrada hinchada de ella.

No hubo tiempo para que se pusiera nerviosa, porque él se hundió en ella con energía y de pronto estaba donde ella nunca había sentido a nadie y embes-

tía hondo y fuerte. Ella echó atrás la cabeza y apretó los ojos cuando la incomodidad dio paso a un dolor fuerte, pero no emitió ningún sonido. En cuanto notó que lo peor había pasado, fue más consciente de otras sensaciones a medida que su cuerpo se estiraba para recibir aquella invasión y del placer de la presión de él en el punto en el que ella anhelaba más. Y en cuanto él inició un ritmo fluido, los músculos internos de ella empezaron a contraerse y la invadieron pequeñas ondas de deseo.

–¡Estás tan apretada y caliente! –gruñó Alissandru, con voz espesa, con sus ojos oscuros emitiendo brillos dorados a la luz del fuego, que también arrojaba sombras por las paredes y el lecho.

Isla levantó las caderas para recibirlo mejor porque por fin era parte de algo, deseaba algo tanto que apenas podía contenerse. La consumía la necesidad de llegar de nuevo a la misma cima y la invasión de él alimentaba su ansia y el corazón le latía muy deprisa. La tensión en su interior crecía más y más, hasta que él la hizo volar de nuevo y el placer la inundó en una oleada tras otra, dejándola débil y floja cuando él se estremeció encima en su propio orgasmo.

–Ha sido espectacular –musitó Alissandru, después.

Rodó para bajarse de ella, pero la llevó consigo y la mantuvo abrazada, de modo que ella quedó encima de él, empapada de su olor ya familiar.

Pensó que no se arrepentía y apretó los labios en el hombro de él. Alissandru la había hecho sentirse muy viva por primera vez en meses. En su cabeza intentaban abrirse paso algunos pensamientos preocupantes, pero tenía demasiado sueño para dejarlos entrar. Ya habría tiempo a la mañana siguiente de reflexionar sobre lo que había hecho, pero por el momento no quería atormentarse con lo que no podía cambiar. Si él sentía atracción por ella pero no podía amarla, pues así era la vida. De todos modos, aquello era mejor que lo que tenía antes.

Isla despertó muy temprano y al salir de la cama puso una mueca porque sentía el cuerpo dolorido. Sacó la maleta que había debajo de la cama con cuidado de no hacer ruido y buscó ropa abrigada para llevársela al baño. Pero no salió de la habitación hasta que no hubo mirado un buen rato a Alissandru dormido. Tenía una barba negra incipiente y le parecía guapísimo e increíblemente sexy. Mientras se lavaba y vestía en el baño, se dijo que vivía en un mundo muy distinto al de ella y luego bajó corriendo a sacar a los perros y dar de comer a las gallinas.

También tendría que llevar heno a las ovejas en su refugio porque había demasiada nieve para que pudieran pastar. Se abrigó contra el frío y se ocupó primero de las ovejas. Fue al granero a por el heno y llevó el tractor tan cerca del prado como pudo para que fuera más fácil echárselo a las ovejas.

Cuando terminó sus tareas, le dolían los hombros y la espalda, y jadeaba por el esfuerzo. Pidió interiormente que la nieve no durara mucho porque dificultaba bastante el trabajo.

Cuando entró en la casa, fue un gran alivio quitarse la ropa de abrigo y dejar que se descongelaran la cara y las manos cerca del fuego que había encendido antes de salir y que reavivó al entrar.

Unos pasos arriba y el crujido de los escalones le advirtieron de que Alissandru se iba a reunir con ella y volvió la cabeza con una sonrisa tímida, no muy segura de cómo recibirlo a la luz del día.

—Isla —él se detuvo al pie de las escaleras y la observó con expresión tensa—. Tenemos que hablar.

—Haré el desayuno —se ofreció ella, ansiosa por ocuparse en algo y nerviosa por la expresión sombría de él.

Alissandru se había puesto el traje e, incluso sin afeitar, parecía de nuevo un superejecutivo, elegante y distante.

—Gracias, pero no tengo tiempo para desayunar. ¿Quizá un café? preguntó él—. El helicóptero me recogerá en quince minutos. ¿Dónde estabas?

—Dando de comer a las ovejas y a las gallinas —explicó ella.

Puso agua a hervir, sorprendida porque se marchara tan pronto y preguntándose con ansiedad de qué querría hablar. Puggle mostraba tendencia a merodear alrededor de los pies de Alissandru y gruñir amenazador y ella lo apartó.

Alissandru sacó un documento del bolsillo de la chaqueta, lo alisó y lo dejó en la mesa.

—Los detalles de tu herencia. Solo tienes que llamar al abogado, yo le daré tu dirección actual y recibirás lo que es tuyo. Debo decirte que Paulu te dejó también su casa en Sicilia, dentro de la hacienda familiar. Si no te importa, me gustaría comprarte esa parte porque creo que debería seguir dentro de la familia.

Isla lo observó con desmayo, desconcertada porque hubiera entrado directamente en el tema impersonal del testamento de su hermano.

–Lo pensaré –murmuró, buscando ganar tiempo, incapaz de comprender el concepto de ser dueña de una propiedad en el extranjero cuando nunca había tenido una casa propia. Pero captó la indirecta de él de que no quería que usara esa casa situada en la hacienda de los Rossetti y eso la hizo sentirse incómoda y rechazada.

Preparó café para ambos con manos temblorosas. Habían dormido juntos la noche anterior, pero se recordó que eso no era gran cosa en el mundo moderno. Tenía que ser más lista y esperar menos. Alissandru solo tenía unos minutos antes de marcharse y era normal que quisiera lidiar primero con la herencia.

–¿Quieres hablar ahora de la venta de la casa? –preguntó él con suavidad, mirándola como un halcón, con la esperanza de que ella aceptara un trato inmediato.

Para ser una joven vestida como una chica sin hogar, conseguía estar muy guapa. El frío había puesto color en sus mejillas y convertido su vibrante cabello en una masa salvaje de rizos. Jugueteó nerviosa con un rizo huidizo y con sus resplandecientes ojos azules fijos en él. Alissandru observó su café, impaciente por dejar atrás el error monumental que había sido lo de la noche anterior.

–No, dejemos la casa a un lado por el momento –sugirió ella, temblorosa–. Seguro que podemos lidiar con eso en un momento más conveniente.

–¿Isla? –Alissandru vaciló–. Lo de anoche fue una metedura de pata mía.

—¿Una metedura de pata? —ella palideció—. ¿Quieres decir un error?

Alissandru alzó la barbilla.

—No estaba totalmente en mis cabales. La conmoción y la conversación que tuvimos sobre mi hermano me confundieron bastante.

Isla se puso tensa.

—Me besaste antes de golpearte la cabeza. ¿Pretendes decir que me aproveché de ti cuando estabas vulnerable? —preguntó, mortificada y enfadada.

Alissandru la miró con incredulidad.

—Por supuesto que no. Digo que estaba confuso y no podía pensar con claridad. Teniendo en cuenta la historia de tu hermana con mi familia, no fue buena idea que hubiera sexo entre nosotros.

Isla se quedó paralizada en el sitio, con la sensación de haber recibido un puñetazo en el estómago sin previo aviso. La comparaba con Tania, quien estaba muerta y enterrada, pero a la que Alissandru había odiado.

Se encogió de hombros con toda la dignidad de la que fue capaz.

—Como quieras —dijo, como si el cambio radical de él no le importara nada—. ¿De verdad tenemos que hablar de esto?

Los rasgos oscuros de él se ensombrecieron y endurecieron.

—Me temo que sí, porque no tomé precauciones contigo. A eso me refería cuando he dicho que estaba… confuso. Es algo que no había hecho jamás, aunque estoy seguro de que tomarás la píldora y no habrá riesgo de embarazo. Y quiero asegurarte que me hago análisis regularmente y estoy sano –terminó con precisión helada.

Isla notó que palidecía porque no se le había pasado por la cabeza el peligro de un embarazo o una infección, lo que subrayaba lo estúpida que había sido al sucumbir impulsivamente a la tentación. El hombre al que le había entregado su virginidad no había notado su falta de experiencia y asumía que ella tomaba anticonceptivos para facilitar su inexistente vida sexual con otros hombres. No quería sacarlo de su error porque la idea de que se preocupara porque pudiera quedarse embarazada le resultaba más humillante todavía. Y en aquel momento tenía ya bastante con el dolor y la humillación que le infligía Alissandru.

Este la vio palidecer y supo que había usado las palabras erróneas porque todavía no podía concentrarse, no encontraba las palabras que normalmente acudían con facilidad a sus labios cuando estaba con una mujer. Isla tenía algo diferente y eso lo asustaba.

–Creo que no habrá mucho riesgo de embarazo en un único encuentro sexual –afirmó con confianza, aunque se preguntaba por qué ella no le aseguraba que estaba protegida contra ese peligro.

–Supongo que no –murmuró ella. Se quemó la lengua con el trago de café que se obligó a pasar por la garganta seca.

Encima de ellos sonó el helicóptero y Alissandru se puso de pie mientras Puggle saltaba y ladraba. Isla interpretó que él estaba deseando alejarse de ella y una sensación de vergüenza por su conducta tensó su vientre.

–Dejaré mi tarjeta por si hay alguna… complica-

ción –dijo él. Se puso el abrigo de cachemir y dejó una
tarjeta sobre la mesa–. Y te haré una oferta por la casa
a su debido tiempo. Naturalmente, será una oferta muy
generosa.

«Naturalmente», repitió ella en su cabeza.

Solo que no había nada de natural en lo que había
ocurrido entre ellos. No creía que las camareras se
acostaran a menudo con multimillonarios, ¿pero qué
sabía ella? ¿Qué sabía ella de nada? La ignorancia no
tenía nada de bendición si la ingenuidad podía llevarla a scr víctima de una humillación tan terrible.

–Te deseo un buen futuro –murmuró Alissandru
con frialdad desde la puerta.

Y ella deseó enterrarlo muy hondo en la nieve,
pero no sin antes haberlo golpeado con fuerza por
rechazarla de todos los modos en los que se podía
rechazar a una mujer. Había clavado uñas de fuego en
su autoestima, pinchado su orgullo a todos los niveles. Quería estar seguro de que no hubiera malenten-
didos, de que ella no usaría su número de teléfono
para otra cosa que no fuera una urgencia funesta.

Alissandru no quería volver a verla, no quería volver a hablar con ella, no quería tener nada más que
ver con ella. Simplemente había querido decir todo
eso lo más amablemente posible.

Y ella no tenía ninguna intención de decepcionarlo
en ese sentido. Antes se dejaría azotar públicamente
que volver a mirar a aquel hombrc dcsdeñoso.

Capítulo 4

ISLA levantó la varita con mano temblorosa para examinarla. Y allí estaba lo que más había temido ver: el resultado positivo de la prueba de embarazo que confirmaba que había concebido un hijo con Alissandru Rossetti. El sudor cubría su frente y los músculos de su vientre se encogían con desmayo.

A él no le gustaría en absoluto aquella noticia. A juzgar por el tono de su última conversación, no se lo esperaría. Por supuesto, había asumido que ella tomaba anticonceptivos y que el riesgo de embarazo sería mínimo. Pero se había equivocado, ¿e importaba algo lo que pensara él de aquello?

Un par de meses atrás ese embarazo la habría llenado de pánico, pero su vida había cambiado mucho desde entonces. Paulu Rossetti le había dejado una cantidad muy generosa de dinero. Estaba planeando ir a la universidad para remediar su falta de estudios, que le limitaba mucho el mercado laboral. De adolescente se había visto obligada a dejar de estudiar para ayudar a su abuela a cuidar de su abuelo y siempre había soñado con volver a hacerlo. Sin embargo, saber que esperaba un hijo lo alteraba todo porque, aunque podía estudiar durante el embarazo, no le gustaba la idea de dejar al bebé al cuidado de otra persona.

Después de todo, deseaba mucho tenerlo. Su bebé volvería a darle una familia, ¿y no sería maravilloso no volver a estar sola, cuidar de su hijo y tener una buena razón para todo lo que hiciera en el futuro? Sí, Paulu Rossetti había sido muy generoso con ella.

Una semana después de la noche que pasara con Alissandru, sus tíos habían vuelto de Nueva Zelanda y, después de pasar un par de semanas más en el viejo sofá cama que les prestaban los vecinos y superar una gripe, Isla había decidido que ya era hora de irse. Aunque para entonces ya había tenido una falta de la regla, no se había preocupado mucho porque la gripe la había dejado muy débil. Solo se compró la prueba de embarazo después de la segunda falta y para entonces estaba ya en Londres.

Al llegar, su amiga Lindsay los había acogido a Puggle y a ella en su apartamento porque su compañera de piso estaba fuera en un curso de entrenamiento.

La herencia de Paulu incluía mucho más dinero del que la joven había soñado y en cuanto pidió a su abogado que se pusiera en contacto con el de la familia Rossetti, le había llegado una oferta terriblemente generosa para comprarle la casa de Paulu. Pero la joven no tenía prisa por venderla y el descubrimiento de que estaba embarazada de Alissandru solo complicaba más la situación.

Quería ver la casa donde habían vivido Paulu y su hermana. Quería revisar las pertenencias de Tania y conservar unos pocos objetos sentimentales para recordarla. Y saber que su hijo sería un Rossetti contribuía también a su renuencia a vender la casa que había dentro de la hacienda de la familia. Sabía que

Alissandru no querría verla allí, pero su bebé tendría derechos y tal vez apreciara esa conexión con su herencia siciliana. No, vender la casa y romper totalmente esa conexión no era una decisión que pudiera tomar a la ligera.

Pero ¿qué iba a hacer en lo referente a Alissandru? Tendría que decirle que estaba embarazada porque él tenía derecho a saberlo, pero estaba convencida de que no le gustaría nada la noticia. No quería tener nada que ver con ella y le enfurecería saber que estarían unidos para siempre por un niño. Pero ella no podía hacer nada a ese respecto, así que Alissandru tendría que lidiar con ello.

Decidió hacer aquello cuanto antes y marcó rápidamente, para no arrepentirse, el número que le había dado.

–¿Alissandru? –preguntó en cuanto oyó la respuesta impaciente de él–. Soy Isla Stewart. Siento molestarte, pero tengo algo que decirte.

–¿Quieres más dinero por la casa? –preguntó él.

Se apartó de la mesa de reuniones en la que se había sentado, despidió con la cabeza a los empleados y entró en su despacho con la tensión evidente en todos los rasgos de su atractivo rostro.

–No tiene nada que ver con la casa –admitió ella–. Todavía no he tomado una decisión sobre eso.

–¿Por qué no?

–Porque acabo de descubrir que estoy embarazada y de momento no puedo pensar en nada más –confesó ella de mala gana.

Un silencio siguió a sus palabras. Alissandru estaba en shock. No había considerado en ningún momento aquella posibilidad y la noticia lo dejó paralizado en el sitio, atónito. ¿Cómo podía estar embarazada? ¿Y cuántas probabilidades había de que el niño fuera suyo?

–No comprendo cómo ha ocurrido esto –murmuró.

–Yo he cumplido con mi deber diciéndotelo y por el momento podemos dejarlo ahí –comentó Isla, impaciente por concluir la llamada–. No tenemos nada más que hablar.

–Si lo que dices es cierto, tenemos mucho de lo que hablar –la contradijo él con dureza.

–¿Por qué demonios iba a mentir en lo de estar embarazada? –replicó ella, cortante.

–No lo sé, pero tu hermana lo hizo –repuso él con crudeza–. Y puedes estar segura de que, aunque resulte que esperas trillizos, es muy improbable que yo te ofrezca una alianza de boda.

Isla respiró con fuerza.

–Como conozco tu costumbre de decir exactamente lo que te pasa por la cabeza y como tengo mejores modales que tú, ignoraré ese comentario –repuso con aspereza–. Pero permíteme que te asegure que estoy embarazada, eres el padre y no me casaría contigo aunque fueras el último hombre vivo.

–Te organizaré un cita con un doctor y procederemos a partir de ahí.

–Yo estoy dispuesta a pasar página y olvidarme de ti –repuso ella, tan enfadada que le costaba trabajo vocalizar.

–Te llamaré cuando lo haya organizado –replicó él, sombrío. Cortó la llamada.

¿Isla estaba embarazada? ¿Cómo era posible? ¿Por qué no había funcionado la píldora anticonceptiva?

¿Y por qué había esperado semanas para decírselo? Le parecía que había pasado mucho tiempo desde la noche que habían pasado juntos. Soltó el teléfono sobre la mesa con rabia. ¡Qué idiota había sido al caer en la trampa del sexo sin protección! Había corrido un riesgo absurdo y nada menos que con la hermana de Tania Stewart.

En los dos últimos meses había revivido a menudo aquella noche. Dormido o despierto, parecía que le costaba mucho librarse de los recuerdos de Isla. El sexo había sido fenomenal. Por eso no podía sacarse de la cabeza aquella noche. Obviamente, estaba más dirigido por su libido de lo que creía y saber que tenía esa debilidad lo había alejado del sexo esporádico y de otras mujeres. Desde aquella noche no había vuelto a estar con ninguna, lo cual probablemente era todavía más insano.

¡Embarazada! Era posible, desde luego, pero también lo era que, después de varias semanas, el niño fuera de otro. Respiró hondo para calmarse y llamó a su abogado en busca de consejo. Después de esa conversación y ya con la cabeza más fría, organizó una cita médica. Envió a Isla un mensaje de texto para pedirle la dirección e informarle de que la recogería al día siguiente a las nueve y la acompañaría a la cita.

La joven apretó los dientes y le dijo que, si había algún reconocimiento médico, él esperaría fuera. Pero le dio la dirección, pensando que, cuando él se convenciera de que decía la verdad, podrían seguir cada uno su camino. Después de todo, no necesitaba ayuda económica. Paulu le había dado los medios de criar a su hijo sola. Decidió que estudiaría mientras estuviera embarazada y aprovecharía al máximo esos meses para cuando tuviera que buscar empleo después. Muchas mujeres eran madres trabajadoras y ella también podría serlo.

Había algo que no podía quitarse de la cabeza. ¿Era cierto que Tania había afirmado estar embarazada en algún momento de su relación con Paulu? ¿Se había casado este con ella por eso? Y aunque fuera cierto y Tania hubiera creído que estaba embarazada sin estarlo, ¿por qué tenía Alissandru que dudar de ella o esperar que se avergonzara del error de su hermana?

De pronto supo lo que le iba a decir a él por la mañana y no sería muy amable. ¿Cómo había podido acostarse con un hombre así? Era muy desconfiado con las mujeres y tenía muchos prejuicios contra ella en particular por sus lazos de sangre. Y, sin embargo, iba a ser la madre de su hijo. ¿Cómo demonios iban a poder establecer una relación civilizada como padres?

Lindsay, una rubia muy guapa con puntos de vista muy duros sobre los hombres, tenía una visión muy distinta de su situación.

—Por supuesto, necesitas la ayuda económica de Alissandru.

—No la necesito —protestó Isla.

—Paulu te dejó una buena herencia, pero no cuidará de tu bebé el resto de tu vida. A menos, claro, que vendas la casa de Sicilia e inviertas bien el dinero. Y el niño también es hijo suyo. ¿Por qué no va a pagar por su manutención? Es su deber.

—Asumió que yo tomaba anticonceptivos.

—Pero no te preguntó si lo hacías, ¿verdad? Los dos

corristeis ese riesgo y sois igual de responsables del resultado –comentó Lindsay–. Deja de machacarte por eso.

Pero Isla se atormentaba porque se sentía muy culpable de que, a un nivel secreto, se alegrara tanto de estar embarazada y esperara con impaciencia ser madre. La familia era lo que más le importaba en la vida y por fin volvería a tener una. Al mismo tiempo, el mero sonido de la voz de Alissandru por teléfono mostraba que estaba furioso y no le hacía nada feliz la posibilidad de que esperara un hijo suyo. ¿Cómo no iba a sentirse culpable en esas circunstancias? Otra mujer habría estado dispuesta a contemplar tener un aborto o dar el niño en adopción, pero ella no iba a considerar ninguna de esas opciones.

Por la mañana se levantó temprano, tomó un buen desayuno, se puso un vestido de lana de invierno y botas hasta la rodilla, ambas cosas compradas con su nueva cuenta bancaria. Se preguntó por qué se esmeraba tanto por Alissandru y decidió que solo la movía el orgullo, porque él la había rechazado a todos los niveles después de la noche que habían pasado juntos. Necesitaba el consuelo de saber que estaba lo más atractiva posible.

Lindsay se había ido a trabajar y cuando sonó el timbre, Isla se asomó por la mirilla, abrió la cadena y se apartó al abrir la puerta. Alissandru estaba allí de pie.

–¿Quieres pasar un momento? –preguntó ella con amabilidad.

–Hay mucho tráfico y no queremos llegar tarde.

–Si quieres que vaya a alguna parte contigo, tienes que entrar tú antes –declaró Isla sin vacilar, preguntándose cómo podía estar tan atractivo a esas horas y, sin embargo, ser tan gusano bajo aquella superficie sofisticada.

Alissandru apretó los labios con irritación y la miró a la cara. Sí, sentía ya el peligroso tirón de la atracción sexual. El vestido cubría la elevación de sus magníficos pechos e insinuaba las gloriosas caderas al tiempo que las botas acentuaban las piernas sorprendentemente largas teniendo en cuenta su pequeña estatura. Isla podía cubrirse de los pies a la cabeza y tapar cada centímetro de piel desnuda y, sin embargo, resultar muy tentadora con aquella boca exuberante, curvas sensuales y ojos azul violeta brillantes. No parecía ni remotamente embarazada, pero seguramente todavía no se le notaría. ¿O sí? Él no sabía prácticamente nada de embarazos y en aquel momento lo irritaba esa ignorancia.

—¿Por qué quieres que entre? —preguntó.

—Quiero tu atención plena y no quiero empezar una discusión contigo conduciendo —explicó ella.

—Tengo chófer —repuso él con frialdad—. Y no veo que haya nada que discutir.

Isla enarcó una ceja.

—Tu actitud es terrible. No soy mi hermana. No me parezco a ella y no creo que me comporte como ella, pero tú no pareces capaz de ver eso. Ya me preocupa bastante haberme quedado embarazada en una aventura de una noche para tener que sentir además que tengo que enfrentarme constantemente a tus prejuicios irracionales contra mí.

—Yo no tengo prejuicios irracionales —declaró Alissandru con terquedad.

–Siento ser yo la que te lo diga, pero sí los tienes –respondió ella con calma–. Puedo aceptar que no te gustara mi hermana y que ya es tarde para cambiar tu idea sobre ella, pero tú tienes que aceptar que yo soy otra persona. Dejar de compararnos y de sospechar de cada cosa que hago, porque este bebé que llevo dentro no se merece que haya esa tensión entre nosotros.

–El doctor Welch nos dirá si estás embarazada, pero no sabremos si es mío hasta que nazca. Se pueden hacer pruebas de ADN durante el embarazo, pero podrían poner en peligro la gestación, así que estoy dispuesto a esperar la confirmación hasta después del parto –le informó él, y casi daba la impresión de que esperara ser aplaudido por su consideración–. ¿Podemos irnos ya?

–No has oído nada de lo que he dicho, ¿verdad? –preguntó ella, enfadada–. Pues espero que pienses en lo de tus prejuicios porque estoy harta de lidiar con ellos.

–El coche está esperando –murmuró él.

Se hizo a un lado para dejarla pasar delante, empeñado en mostrarse cortés, como le había aconsejado su abogado. Discutir con Isla, que era potencialmente la madre de su hijo, no sería inteligente. Necesitaba un plan y entonces lidiaría con la situación. ¿Prejuicios irracionales? ¿De qué hablaba? Era hermana de Tania y, por lo tanto, desconfiaba de ella. Pero eso no tenía nada de irracional.

La limusina impresionó mucho a Isla, pero se negó a que se notara. Se acomodó en el opulento asiento y se puso a mirar el tráfico por la ventanilla como si viajara así todos los días. Ninguno de los dos dijo nada más hasta que entraron en una elegante sala de espera. Cuando llamaron a Isla, esta se enfadó al ver que Alissandru se levantaba también.

–No, no puedes entrar conmigo. Esto es privado. Puedes hablar después con el doctor con mi permiso, pero no vas a entrar conmigo –le advirtió Isla furiosa, con las mejillas sonrojadas. Otra pareja que esperaba en la sala los observaba como si se hubieran escapado de un zoo.

Alissandru, impermeable a tales cosas, la miró con ojos furibundos.

–Deseo acompañarte.

–He dicho que no. ¡Y no es no! –replicó ella con rabia.

Se alejó y Alissandru se puso a pasear por la sala, cargado de energía y frustración. Por supuesto, el doctor confirmaría el embarazo. No esperaba descubrir que le había mentido en eso, pero la cuestión que importaba allí era si el niño que esperaba era de él, y eso tardaría todavía meses en saberlo.

Isla consideró al doctor Welch como un hombre amable y profesional. Le confirmó que estaba embarazada y pareció sorprenderle un poco que no hubiera tenido ninguna de las señales, como mareos o náuseas.

–Por supuesto, es muy temprano –añadió–. Ahora que está confirmado, probablemente empezará a notar algunos pequeños efectos muy pronto.

A Isla le resultó embarazoso tener que pedirle que hablara con Alissandru por separado, pero lo hizo con una sonrisa y volvió a la sala de espera cuando lo llamaban a él. Estuvo fuera más tiempo del que la joven esperaba y regresó tenso y serio.

Volvieron a la limusina.

—O sea que no es una falsa alarma —comentó él, cuando el vehículo salió al tráfico.

—Tengo que volver para hacerme una ecografía en un par de semanas —anunció ella, contenta, decidida a no dejarse afectar por el malhumor de él.

—¿Tienes idea de por qué falló la píldora? —preguntó él.

—No tomaba ninguna píldora —admitió ella, impaciente por aclarar aquel malentendido—. Tú asumiste eso, pero no era cierto.

Alissandru la miró sobresaltado.

—En otras palabras, aquella noche no teníamos ninguna protección.

—Exacto —dijo ella con rigidez—. Y yo tengo tanta culpa como tú por no haber valorado el riesgo que corríamos.

Alissandru adquirió una expresión sombría, que acentuaba su piel bronceada y la perfecta estructura ósea que daba a su cara una fuerza tan viril. Aunque eran mellizos, Paulu y él se habían parecido muy poco. Paulu había sido de constitución más delgada y rasgos mucho más infantiles.

—¿Por qué no tomabas anticonceptivos? —preguntó él con una sonrisa de sorna.

—Porque no tenía sexo y, por lo tanto, no había necesidad de tomar precauciones —reveló ella, alzando la barbilla y negándose a sucumbir a la vergüenza.

Se recordó con exasperación que se había acostado con él y ya no había excusas para mostrarse mojigata, y menos estando embarazada.

Alissandru frunció el ceño.

−¿No tenías sexo?

Isla se encogió de hombros con indiferencia.

−Tú fuiste el primero y no te diste cuenta, pero no importa. Para ser justos, en aquel momento no quería que notaras mi falta de experiencia.

Alissandru había palidecido bajo su bronceado mediterráneo y achicó sus hermosos ojos oscuros.

−¿Me estás diciendo que eras virgen? −preguntó con incredulidad.

−Sí, y cuanto antes aceptes que este niño solo puede ser tuyo, más felices seremos los dos −respondió ella con terquedad. Decirte a ti mismo que el niño puede ser de otro es autoengañarte y....

−Me niego a aceptar que fueras virgen −la interrumpió él.

Isla lo miró con calma.

−Esperaba esa reacción. Pero yo he hecho lo que tenía que hacer. Te lo he dicho. No puedo cambiar tu modo de pensar. Puedes dejarme en casa y volveremos a hablar cuando nazca el niño.

A Alissandru no le gustaba su tono de indiferencia.

−Sea mío el niño o no lo sea, pienso estar mucho más presente antes del nacimiento de lo que aparentemente crees tú.

−Me parece que no. No sin mi consentimiento. Y no te lo daré. No necesito esa exasperación. Quiero hacer planes y esperar con ansia a mi bebé.

−¿Esperarlo con ansia? −preguntó él.

Isla le dedicó una sonrisa animosa. Se negaba a ocultar sus sentimientos.

−Sí. Estoy muy contenta con su llegada y no pienso fingir otra cosa.

Consciente de su temperamento, Alissandru respiró hondo y lentamente. A ella le encantaba estar embarazada y lo admitía abiertamente. ¿Era una de esas mujeres sobre las que había leído que decidían tener un hijo y elegían a un hombre al azar para lograrlo? Apretó los dientes. Aunque así fuera, ¿qué podía hacer él? Estaba en una situación en la que no podía ganar. Una madre soltera embarazada tenía todos los ases. Él estaba condenado si la ayudaba porque el niño podía no ser suyo, y condenado si no la ayudaba porque podían negarle acceso cuando naciera el bebé porque la madre de su hijo lo odiaba.

El bebé. Recordó cuánto había anhelado Paulu tener un hijo y el corazón se le encogió dolorosamente. Paulu habría celebrado una noticia así y su madre se habría mostrado encantada con la posibilidad de tener un nieto. Alissandru no sabía lo que sentía aparte de sorpresa y frustración. Observó a Isla entre las pestañas, recordando aquella noche con todo detalle para ser alguien que alegaba conmoción cerebral como excusa de su confusión mental. ¿Una virgen? Nunca había estado con ninguna. Era cierto que ella no había hecho nada que implicara un nivel más alto de habilidad sexual. También era verdad que él había tenido que usar más fuerza que de costumbre para entrar en su pequeño cuerpo.

Sin aliento y con un calor inusual, apartó la mirada del rostro de ella y miró la pierna cubierta por la bota. Él había separado aquellas rodillas. Totalmente excitado e incómodo, cambió de postura y colocó su cuerpo poderoso en el rincón. Sí, era posible que hubiera sido virgen. ¿La hermana de Tania virgen a los veintidós años? «Sorprendente pero no imposible», pensó mientras combatía su excitación con todas sus fuerzas.

Isla lo miraba y se preguntaba qué estaría pensando. Estaba nerviosa en su presencia y no podía relajarse porque no podía evitar recordar lo que se había esforzado tanto por olvidar. Sus caricias, las sensaciones que le producía cuando estaba dentro y con cada movimiento. La había hecho arder con un fuego de alegría y placer que todavía la atormentaba en sus momentos débiles. Y él yacía allí, medio echado en el asiento, elegante y todavía increíblemente hermoso, desde el pelo negro azulado que llevaba un poco largo, hasta los hombros anchos y el torso poderoso, que ni siquiera el traje más lujoso podía ocultar.

—Podríamos hablar esto en mi casa, durante el almuerzo —sugirió él, sacándola de su ensueño.

—No creo que tengamos nada que hablar en este momento —contestó ella, sorprendida.

—Ahí es donde te equivocas —respondió Alissandru sin vacilar.

—Me gustaría decir que esa frase me sorprende, pero no puedo —comentó Isla—. Tú siempre crees que tienes razón.

Capítulo 5

LA CASA de Alissandru estaba situada cerca de una plaza tranquila de estilo georgiano. Era una casa de tamaño familiar y cuando ella lo comentó así, él contestó que necesitaba una propiedad amplia porque su familia se quedaba con él cuando iba de visita a Londres.

—A mi madre le gusta venir aquí de compras y a mis primos también. Siempre suele venir acompañada.

Isla se estremeció interiormente al recordar a su primo Fantino, quien la había arrinconado en un dormitorio en Sicilia y la había agredido. Aunque ella, entonces joven e ignorante, no había reconocido aquello como una agresión. Después de todo, Tania había descartado el incidente como un malentendido y le había advertido con furia que no hiciera un número de aquello y estropeara el día de su boda. ¿Fantino también iba a Londres? ¿Alissandru era amigo suyo? Ambos eran de una edad parecida. Isla se esforzó por apartar esos pensamientos de su mente.

Alissandru la introdujo en un comedor de estilo moderno, decorado en distintos tonos de gris suave y la instaló en un sillón cómodo.

—¿Quieres tomar una copa? —preguntó.

—No, gracias. El alcohol desaparece de la carta

durante una temporada. Más vale prevenir –repuso ella.

–No lo sabía. De hecho, no sé nada de mujeres embarazadas aparte de que engordan y se cansan mucho –admitió él–. Y eso solo lo sé por las quejas de mis primas.

Su sinceridad la desconcertó. Una mujer más mayor entró con una bandeja y les sirvió unos platos. Era una comida ligera, que era lo que prefería ella en aquel momento, pues, aunque todavía no había sentido náuseas, sí había perdido el apetito y con él algo de peso.

–Has dicho que teníamos que hablar –le recordó, tras tomar un sorbo de agua–. ¿De qué?

–De cómo voy a participar en todo esto –concretó él–. Te comportas como si quisieras que desaparezca hasta después del parto.

Isla alzó la vista, preocupada.

–Eso es lo que quiero.

–Pues yo no –replicó Alissandru–. Te abriré una cuenta bancaria para hacerme cargo de tus gastos. ¿Con quién vives en este momento?

Isla echó hacia atrás los hombros.

–Con una amiga, pero es algo temporal. Tengo que buscar un sitio propio. Y no necesito ayuda económica, tengo lo que me legó Paulu.

–Yo tengo que contribuir –declaró él.

–¿Aunque no estés convencido de que el niño sea tuyo?

–Aun así –repuso él sin vacilar–. También pienso cubrir todos tus gastos médicos y, con tu consentimiento, acompañarte a las revisiones importantes, como la ecografía que ha mencionado el doctor

Welch. No puedes pedirme que me retire como si esto no tuviera nada que ver conmigo. Si es hijo mío, tengo que mostrar interés y responsabilidad.

Isla tragó saliva con fuerza. Alissandru era un hombre de acción y no podía culparlo por exigir compartir la responsabilidad. No quería verse excluido. Pero su deseo de participar contradecía la necesidad de ella de dejarlo al margen. Sabía que eso no era muy amable por su parte. La había rechazado a ella pero no rechazaba la posibilidad de su hijo. Intentaba hacer lo correcto y, si ella no se lo permitía, eso solo aumentaría la desconfianza de él.

Buscando ganar tiempo, jugó un poco con la comida.

—Comprendo lo que dices, pero no necesito tu dinero.

—Permíteme contribuir a los gastos. Quiero que tengas los mejores cuidados médicos y un alojamiento decente. No quiero que te preocupes por el futuro —la miró con ojos brillantes—. Tengo que ayudar. Eso no es negociable. No me entrometeré en tu vida pero estaré ahí.

Isla suspiró.

—Supongo que no puedo negarme. Te tendré informado, pero no quiero ninguna otra cosa. No puedes esperar que te ofrezca algo más después del modo en que nos separamos en Escocia.

—No te molestaré de ningún modo —prometió él—. Pero necesito estar presente en esta situación.

Cuando Alissandru volvía a su oficina después de haber dejado a Isla en su casa, conducía más despacio

que de costumbre, pues iba reflexionando en que tenía muchos planes que hacer. En primer lugar, necesitaba encontrar un lugar más cómodo y seguro para
Isla, quien en ese momento no estaba en una de las
zonas más seguras de la ciudad. Eso era una prioridad. Y el doctor también le había dicho que tenía que
llevar una dieta sana, lo que implicaba organizar un
servicio de comida o de reparto de comida.

Un bebé sería algo muy bueno para su madre, que
seguía sufriendo mucho con la pérdida de su hijo.
Sería algo positivo en lo que concentrarse y, en último
término, un consuelo para todos ellos.

Siempre que fuera hijo suyo.

¿Pero por qué iba a mentir Isla en eso? Le había
avisado que no se casaría con ella, y hasta el momento,
ella no había dado muestras de querer nada de él. En
general, Alissandru empezaba a ver un ángulo mucho
más positivo en la posibilidad de tener un hijo.

Recordó una conversación que había tenido con su
hermano el día en que Paulu le había dicho que quería
tener un hijo.

–¿Para qué es todo esto? –había preguntado su hermano–. ¿Para quién has construido este imperio? Ya
tienes más de lo que puedas gastar en tu vida. ¿No te
gustaría tener hijos a quienes dejárselo?

Alissandru se había reído entonces, pues aquello
le había parecido algo para el futuro, no para el presente, pero de pronto todo había cambiado y era increíble cómo una pérdida alteraba las prioridades.
Paulu había muerto y él no podía cambiar eso, pero
un hijo le daría algo en lo que concentrarse. Un niño,

o niña, necesitaría educación, guía y amor. Sonrió de pronto. Quizá un bebé fuera justo lo que necesitaba.

Dos días después, Isla yacía en la cama repasando en su mente su última conversación con el padre de su hijo. No era tanto que Alissandru quisiera participar como que quería dirigir. Le había enviado detalles de tres propiedades suyas de Londres, invitándola a mudarse a cualquiera de ellas, pero aunque era una oferta muy tentadora, ella no quería convertirse en su mantenida. Al mismo tiempo, solo tenía una semana para buscar un sitio por su cuenta, antes de que volviera la compañera de piso de Lindsay. Lo más fácil sería aceptar la oferta de él, aunque la joven sabía por experiencia que lo más fácil no siempre era lo más inteligente.

Alissandru había adelantado también la ecografía del bebé y ella había querido negarse, pero habían podido más las ganas de ver al bebé por primera vez, aunque fuera del tamaño de un guisante.

En la madrugada del día siguiente, despertó con un dolor fuerte y, cuando se sentó en la cama, notó algo húmedo entre las piernas y se asustó. Cuando se dio cuenta de que sangraba, entró en pánico. ¿Iba a perder al bebé? ¿Qué había hecho mal? ¿No se había cuidado bien?

Lindsay la calmó, llamó a un teléfono de Urgencias, la ayudó a vestirse y la llevó en taxi al hospital. Le habló de falsas alarmas y complicaciones menores e Isla consiguió controlarse las horas que pasaron en la sala de espera del hospital, rodeadas por un montón de personas también con problemas.

Al final le tocó el turno a ella. Una doctora le dijo con gentileza que, si estaba teniendo un aborto, no se podía hacer nada por evitarlo y que esa experiencia era bastante más común de lo que creía al principio del embarazo. La llevaron a otra habitación y la prepararon para una ecografía. De pronto, la ecografía que tanto anhelaba antes, contenía ahora una vibración más amenazadora.

El transductor se movió suavemente sobre su estómago, todavía plano, e Isla casi no respiró mientras se esforzaba sin éxito por ver algo reconocible como bebé en la pantalla. Cuando la mujer paró y le tomó la mano, intuyó lo que se avecinaba.

—Lo siento —dijo la radióloga—. No hay latido. El embarazo no es viable.

A continuación la vio una doctora joven. Isla estaba en shock. Su bebé había muerto. Su hermoso bebé había desaparecido como si nunca hubiera existido. Lo que la rodeaba parecía de pronto alejarse de ella y no podía concentrarse en lo que le decía. El doctor le puso una medicina en la mano y Lindsay estaba sentada a su lado sin ocultar las lágrimas, pero Isla no podía llorar. Tenía los ojos secos y un gran sollozo seco atrapado en la garganta, lo que le dificultaba respirar o hablar.

—Lo siento mucho —susurró Lindsay, en el taxi cuando volvían al apartamento—. Esto mismo le pasó a una amiga mía del trabajo. Por eso algunas mujeres no le dicen a nadie que están embarazadas hasta después del primer trimestre. Ese es el periodo de peligro...

Isla asintió con vigor, esforzándose por ser fuerte y estoica.

–Quizá fuera la gripe que tuve –murmuró.

–Pudieron ser una docena de cosas –Lindsay suspiró–. ¿Quieres hablar de ello?

De pronto, Isla tenía la sensación de que no había nada que decir. Hablar no le devolvería a su bebé y ya había tenido a Lindsay levantada la mitad de la noche. Su pobre amiga tenía que trabajar por la mañana y estaba agotada. Isla le dijo que solo quería dormir y volvió a su dormitorio. Su primer pensamiento fue que tendría que decírselo a Alissandru y que él se alegraría. No se atrevería a decirlo, pero el bebé había sido para él una complicación no deseada y el resultado lo aliviaría.

Desgraciadamente, ella no se sentía aliviada. Todo el futuro rosado que había soñado con su bebé se había derrumbado cruelmente y no sabía lo que iba a hacer.

A la mañana siguiente, fue posponiendo llamar a Alissandru. No quería decir en alto que había perdido al bebé, así que terminó enviándole un mensaje de texto a media mañana diciéndole que había sufrido un aborto natural.

Cuando Alissandru recibió el mensaje, miró el teléfono y sintió náuseas. ¿Cómo había ocurrido eso? De pronto tenía muchas preguntas.

–¿Ocurre algo? –preguntó uno de sus directores.

Alissandru alzó la vista y se dio cuenta de que todos los presentes lo miraban expectantes.

–He tenido malas noticias –dijo, serio–. Si me disculpan...

La noticia lo había afectado más que el anuncio del embarazo. Un día iba a tener un hijo y al día siguiente estaba muerto. Miró por la ventana de su despacho, combatiendo los sentimientos que lo embargaban, como había hecho al enterarse de la muerte de Paulu. Tenía que ser fuerte porque otras personas confiaban en que lo fuera. En el caso de Paulu, porque lo necesitaba su madre y en el caso del aborto porque Isla lo necesitaba, ya que ella había querido a ese bebé. Recordó la sonrisa gloriosa de ella al confesar que estaba deseando ser madre y le escocieron los ojos. Seguramente estaría destrozada. La llamó inmediatamente.

–Soy Alissandru.

No tengo nada que decirte.

–He visto tu mensaje y es obvio que quiero verte y hablar contigo. Lo siento mucho.

–¿Ah, sí? –preguntó ella, dudosa.

Alissandru sintió rabia.

–Por supuesto que sí. Quiero ir a hablar contigo.

–No, gracias. No quiero verte.

–¿Has tenido el tratamiento médico adecuado? –preguntó él, preocupado.

–Sí, estaré bien –repuso ella, tensa.

–Parece que no estaba destinado a pasar –musitó él.

Se pasó los dedos por el pelo revuelto en un gesto de frustración porque no sabía qué más decir. Las palabras sonaban huecas. Las palabras no cambiarían nada. No quería admitir que estaba también disgustado porque ella no creería que sintiera tanto lo que ya no iba a ocurrir. Se había hecho a la idea un poco demasiado tarde. La posibilidad del bebé había sido una sorpresa y no se le daban bien las sorpresas. Nunca le había gustado que nada alterara el orden natural y la rutina de su vida. Un hijo habría alterado muchas cosas y él se había resistido al principio a la idea, hasta que se había dado cuenta de que tener un hijo o una hija podría ser lo mejor que le había ocurrido en su vida.

«No estaba destinado a pasar». Isla se encogió al oír esa frase desmoralizadora. No, en el mundo de Alissandru, los multimillonarios no tenían hijos con excamareras. Por suerte para él, aunque no para ella, el mundo real había intervenido, no habría bebé y se preservaría el *statu quo*. Por supuesto, él se mostraba aliviado y fatalista con el resultado. No había querido ser padre y no podía esperar que derramara lágrimas de cocodrilo. A diferencia de ella, no había aprendido a amar a su hijo, no había empezado a aceptar que era suyo.

A Isla la invadió una amargura cortante como un cuchillo y finalizó la llamada. Sin pensar en lo que hacía, bloqueó el número de Alissandru en su teléfono porque no quería verse obligada a hablar con él nunca más. Esa conexión la había cortado el destino. No tendría que volver a verlo jamás ni hablar con él. Con los ojos húmedos, descubrió que eso no suponía ningún consuelo.

A la mañana siguiente, a Lindsay la llamaron sus padres y se pasó toda la conversación haciendo muecas y disculpándose por no poder cambiar sus planes.

–¿Qué ocurre? –preguntó Isla.

–Unos amigos de mis padres se van de viaje y habían contratado a una persona para que se quedara en su casa a cuidar de sus mascotas. Pero esa persona les ha fallado y mis padres están organizando un grupo que se turne para cuidar de la casa y de los animales. Me siento fatal por negarme, pero no estoy preparada para gastar mis vacaciones cuidando de perros y gatos –confesó.

Isla acarició a Puggle, que dormía a sus pies y se acomodaba en su regazo siempre que tenía ocasión.

–¿Crees que podría quedarme yo de cuidadora? –preguntó.

–¿Tú? –dijo Lindsay, sorprendida.

–Si puedo llevarme a Puggle, me gustaría salir un tiempo de Londres. Tengo que buscar un lugar para vivir y me vendría bien el cambio, un tiempo de respiro mientras decido lo que voy a hacer.

Lindsay frunció el ceño y le advirtió de que los amigos de sus padres vivían en una granja reformada en Somerset y que era una zona muy tranquila. Pero unos minutos después llamó a sus padres y antes de que Isla se diera cuenta, había aceptado viajar a Somerset al final de la semana para conocer a la familia Wetherby y que le dieran instrucciones antes de su marcha. Respiró aliviada por la posibilidad de alejarse de Londres y de Alissandru y se dijo que un cambio de escenario y tiempo eran justo lo que necesitaba para organizar su vida.

«No estaba destinado a pasar». Las palabras de él la atormentaban. No había pensado en lo que pudiera pasar por la mente angustiada de ella. Su rechazo había sido brutal. Ella había sido un error del que se arrepentía y el aborto y la reacción de él no habían hecho más que subrayar esa realidad.

Y, sin embargo, se había sentido atraída por él como por ningún otro hombre. Eso la preocupaba mucho. Cierto que era muy apuesto, pero ella había conocido sus prejuicios desde el primer momento y debería haberse protegido más en lugar de rendirse a aquella atracción fiera que había entre ellos. Había creído que podía mostrarse adulta e indiferente con el tema de acostarse con él, pero se había equivocado y Alissandru le había hecho más daño que nadie en su vida. No era tan dura como creía y había aprendido que tenía que endurecerse más.

Cuando Alissandru se presentó aquella noche en el piso, Lindsay intentó echarlo, pero cuando él se mostró frío e inflexible con su amiga, Isla salió de su dormitorio, amargamente consciente de que estaba hecha un desastre.

–Alissandru… –musitó.

Él nunca la había visto tan pálida. Sus pecas destacaban en su piel de porcelana y sus ojos se veían apagados y atormentados. Tuvo que apretar los puños para no abrazarla e intentar ofrecerle un consuelo físico que sabía que le resultaría ofensivo.

–No quiero agobiarte, pero he pensado que quizá quisieras hablar –comentó él.

Isla lo miró con amargura.

–No tenemos nada más que hablar –respondió, cortante.

Alissandru estaba guapísimo. Elegante con un traje oscuro de diseño exquisitamente cortado. Emanaba energía y autoridad. Su hermoso rostro se veía tenso bajo sus ojos oscuros brillantes increíblemente expresivos. Ojos asombrosos que trasmitían en ese momento una culpabilidad no deseada porque ella sabía tan bien como él que no había querido ser padre y que cualquier muestra de comprensión era pura hipocresía por su parte. Sin embargo, su atractivo sensual seguía brillando, burlándose de la pobre autodisciplina de ella, pues todas las células del cuerpo de Isla vibraban con energía y deseo renovados.

—¿Por qué no vamos a cenar y hablamos? —murmuró él con voz ronca.

Su tensión se incrementó cuando ella se quedó allí de pie, su rostro delicado impregnándose de un color muy necesitado a causa de un calor que iluminaba sus ojos tristes y acentuaba su fragilidad.

—Me voy de Londres en un par de días, así que no tendría sentido —declaró ella—. Te comunicaré lo que decida hacer con la casa de Paulu cuando haya tenido tiempo de pensar.

A Alissandru le sobresaltó descubrir que se había olvidado por completo de la casa.

—No soy tan bastardo como para molestarte ahora con ese tema —musitó con vehemencia—. ¿Dónde te vas a quedar? —preguntó, cortante.

—Eso es asunto mío —le aseguró ella, medio cerrando la puerta—. Buenas noches, Alissandru.

¿Adónde demonios se iba? ¿Estaría segura? ¿Cuidaría alguien de ella? Tenía muy mal aspecto. Alissandru reprimió su preocupación con dificultad, reconociendo que era hora de pasar página. Se había alejado de ella en Escocia y tenía que volver a hacerlo. No podía entender la terrible sensación de pérdida que lo asaltó ni la idea de que algo iba muy mal en su mundo.

—Estaré en contacto —musitó.

«Buena suerte con eso», pensó Isla, que no pensaba desbloquearlo en su teléfono. Alissandru Rossetti era cosa del pasado y cualquier contacto futuro con él solo serviría para sufrir más. Tenía que encontrar un nuevo foco en su vida y abrazar su futuro sola.

Capítulo 6

POR PRIMERA vez en muchas semanas, Isla sintió alegría al ver los gloriosos cerezos alineados a lo largo del imponente camino privado que llevaba al *Palazzo* Leonardo. Una cúpula de flores blancas colgaba encima de su coche alquilado, produciendo la impresión de que conducía a lo largo de un túnel de encaje blanco.

Hacía calor, más del que había esperado que hiciera en primavera, y reconocía las vistas de la propiedad de los Rossetti. Su visita allí a los dieciséis años la había llenado con más recuerdos de los que quería admitir, pues la agresión de Fantino la había alterado y logrado que no quisiera recordar su viaje a Sicilia.

La familia Rossetti vivía en una casa muy señorial, pero el lugar en el que la habían construido sus antepasados era sencillamente magnífico. Un terreno verde en el que el bosque cubría las colinas que se alzaban detrás del palacio antiguo, que presidía sobre una alfombra maravillosa de bosquecillos de limones y naranjas, olivos y viñas. Seguía siendo una hacienda agrícola en funcionamiento y que Paulu había dirigido.

Rígida por la tensión nerviosa, Isla aparcó en la grava enfrente de la propiedad. Tenía que ir al palacio a pedir las llaves e indicaciones de cómo llegar a la casa de Paulu y Tania, pero además, lo más educado era saludar en primer lugar a la madre de Paulu y ofrecerle sus condolencias y alguna explicación de su llegada. Constantia Rossetti había sido muy amable con ella durante la boda de su hijo y, teniendo en cuenta que Isla pensaba quedarse al menos unas semanas allí, quería estar en buenos términos con la mujer.

Por lo que ella sabía, Alissandru seguía en Londres y asumía que nadie sabría que había estado embarazada de él. Una búsqueda en internet de sus actividades recientes lo había mostrado asistiendo a una función benéfica con una rubia hermosa y medio desnuda del brazo. ¿Ese era el tipo de mujer que le gustaba? ¿Delgada como una palo y mostrando casi todo el pecho plano?

Isla tomó a Puggle bajo el brazo, pues no se atrevía a dejarlo solo en el coche de alquiler, por su tendencia a morder todo lo que estuviera a su alcance, y tocó el timbre moderno, que resultaba fuera de lugar en aquellas puertas dobles gigantescas que ofrecían acceso al palacio.

Abrió la puerta un sirviente y la precedió sin vacilar por un vestíbulo enorme hasta un invernadero de naranjos deliciosamente femenino, decorado en colores pálidos. La pared de cristal, que daba a un jardín, estaba abierta para dejar entrar el aire y la luz del sol. Una mujer alta de cabello gris recogido en un moño alto se puso en pie con una sonrisa.

–Isla. No puedo creer que estés aquí –comentó con calor.

–Siento mucho haber tardado tanto en venir –mur-

muró la joven. Le dio el pésame y una breve explicación de por qué no había asistido a los funerales–.
Pero quería ver la casa.

–Pues claro que sí –comentó Constantia, compren-
siva–. Yo no he vuelto desde… ah, el accidente, aunque me he asegurado de que esté limpia. Quiero que
sepas que no hemos tocado ni cambiado nada, todo
está tal y como cuando se marcharon ellos aquella
mañana.

–Revisaré las cosas de mi hermana –comentó
Isla–. ¿Y quizá Alissandru quiera ocuparse de las cosas de su hermano cuando yo me marche?

–¿Esto es solo una visita corta? –preguntó Constantia.

Un sirviente les llevó una bandeja con té y, en respuesta a un gesto de invitación de su anfitriona, Isla se
sentó a su lado. En presencia de Constantia, se sentía
como una colegiala.

–Me temo que no lo sé. Todavía no he decidido lo
que voy a hacer a continuación –respondió, sonroján-
dose al pensar en el breve interludio secreto que había
tenido con Alissandru.

–¡Oh, qué perrito tan encantador! –exclamó Constantia.

Acarició a Puggle debajo de la barbilla y urgió a
Isla a que le dejara explorar la sala mientras le con-
taba que ella había perdido a un perrito el invierno
anterior y todavía no había tenido fuerzas para susti-
tuirlo.

Constantia era una mujer amable, aunque sus ojos
se llenaban de lágrimas cuando hablaba de su hijo. En
cierto momento le apretó la mano a Isla y dijo:

–Es un gran regalo hablar de él con alguien.

–¿Pero no habla con Alissandru? –preguntó Isla sin pensar.

–A él no le gusta hablar de esos temas –comentó la mujer.

Puggle se subió a su regazo con la indiferencia de un perro que sabe lo importantes que son los humanos para su bienestar. Como Constantia le dio migas de pastel de chocolate, rehusó bajar de allí y cuando la mujer se ofreció a cuidar de él mientras Isla se instalaba en la casa y hacía alguna compra, la joven no tuvo valor para quitárselo porque veía que el afecto del perrito la consolaba.

Constantia pidió a un empleado llamado Giovanni que la acompañara a su casa, que Paulu había ampliado y modernizado para complacer a su esposa, quien al principio había descrito la propiedad como «un agujero, horrible, oscuro y húmedo».

Aquel día no había ni el menor asomo de oscuridad en la casa, con la luz del sol reflejándose en los cristales y acentuando las alegres contraventanas amarillas y las macetas que había alrededor de la puerta principal. Parecía un lugar tan pacífico, que a Isla se le encogió el corazón al pensar que sus dueños anteriores no volverían a vivir allí.

Después de reñirse por aquel pensamiento triste, entró en el vestíbulo y se quedó paralizada en el umbral al ver un pequeño taburete cubierto con una piel con dibujo de leopardo y decorado con cuentas de cristal de color cereza. Era algo ridículo, muy del gusto de su ostentosa hermana, que no pegaba nada con los muebles conservadores del despacho de

Paulu. Habían sido dos personas muy distintas y, sin embargo, al final habían conseguido hacer funcionar la relación transigiendo ambos un poco.

Isla decidió que Tania había amado a Paulu, pues no veía ninguna otra razón para que hubiera aceptado vivir en una casa de campo lejos de las diversiones más sofisticadas que le gustaban. Sus ojos se llenaron de lágrimas mientras recorría la casa, revisando armarios y sintiéndose como una intrusa. La personalidad de su hermana asomaba en los colores brillantes, en el dormitorio principal, decorado con encaje blanco y rosa cereza, como la guarida ultrafemenina de una princesa de dibujos animados. Cerró la puerta de esa estancia y decidió instalarse en un cuarto de invitados y continuar la inspección al día siguiente.

La habitación que eligió estaba decorada todavía con antigüedades y tenía las paredes blancas. Paulu le había dicho en una ocasión que allí había vivido siempre el encargado de la hacienda y probablemente esa sería la razón por la que Alissandru quería recuperarla. Obviamente, tenía que poder ofrecer una casa al sustituto de su hermano.

La joven suponía que no tendría más remedio que vendérsela. Si quería comprarse casa en Inglaterra, sería demasiado caro mantener una segunda casa en el extranjero. Pero eso no implicaba que no pudiera disfrutar antes de unas vacaciones en un lugar hermoso. A Alissandru no le gustaría que estuviera allí, en casa de su hermano y en la hacienda de los Rossetti, pero eso a ella no tenía por qué importarle.

La llegada de un empleado del palacio interrumpió sus pensamientos. Iba cargado de comida para llenar su frigorífico vacío e incluso le habían preparado la cena, ahorrándole así la presión de tener que ir de compras de inmediato. La joven sonrió, conquistada por la hospitalidad de Constantia. Al menos no tenía que preocuparse de que a la madre de Alissandru le molestara su presencia.

Había pasado casi dos meses sola en una antigua granja muy cómoda y eso la había ayudado a recuperar la paz mental. Pasear a los perros y dar de comer a los gatos la había mantenido ocupada. Nunca olvidaría al bebé que había perdido, pero el primer golpe de dolor había cedido ya. El mayor de sus problemas en Somerset había sido qué preparar para la cena, pero incluso allí había sido consciente de que seguía sintiendo mucha amargura hacia Alissandru. Por eso no podía olvidarlo y buscaba periódicamente informaciones de él en internet.

Después de una cena temprana, se preparó un baño y tomó una bata de seda del vestidor de Tania porque había olvidado llevar una. Iría al palacio a recoger a Puggle, que seguramente habría terminado por irritar a su anfitriona con su manía de comérselo todo.

Se metió en el agua caliente de la bañera y estaba a punto de quedarse dormida allí cuando oyó que llamaban con fuerza a la puerta y se incorporó sentada con un gemido. ¿Quién podía ser? ¿Había enviado Constantia a Puggle con alguien? Se secó a medias, se puso la bata, hizo una mueca cuando esta se pegó a las partes húmedas de su cuerpo y bajó las escaleras descalza.

Alissandru estaba furioso. Había volado inesperadamente a la isla, entrado en su casa y lo había mordido sin ceremonias un animalito horrible que él creía a cientos de kilómetros de allí, en otro país. Cuando su madre había recogido cariñosamente al animal para comprobar que no se hubiera hecho daño en los dientes, Alissandru seguía en shock al pensar que Isla estaba en Sicilia, en casa de su hermano y en su hacienda.

Eso lo había enfurecido. Isla se había negado a verlo, a hablar con él e incluso a contestar a sus llamadas, pero se permitía instalarse sin previo aviso en la casa de Paulu y Tania, a doscientos cincuenta metros de él. ¿Qué tenía que pensar de eso? Obviamente, se verían en la hacienda, ¿y pensaba ella mantener su actitud hostil hacia él? ¿Por eso no había querido vender la casa? ¿Siempre había sido su intención presentarse en Sicilia y amargarle la vida?

Isla abrió la puerta cerrándose con la mano las solapas de la bata tornasolada que llevaba.

–Lo siento, estaba en el baño –empezó a decir sin aliento, antes de ver quién era el que llamaba.

Como era de esperar, Alissandru llevaba un traje negro hecho a medida que realzaba su gran estatura y su constitución grande y musculosa.

En un instante enloquecedor, Alissandru se vio confrontado por todo lo que había intentado olvidar de Isla: el rostro triangular dominado por enormes ojos azules, la mata de rizos revueltos que partían de su frente pálida formando un contraste que intensificaba la claridad de su piel de porcelana. Para él era como si a todas las demás personas del mundo las viera en un tono gris monótono e Isla fuera la única a la que veía llena de color. Peor aún, por primera vez la veía con poca ropa y lo irritaba pensar que alguien más pudiera haber visto cómo se pegaba la bata a sus voluptuosas curvas. Podía verle los pezones, la esbeltez de la cintura y la curva pronunciada de las caderas, y la rigidez de su excitación en la entrepierna le resultaba dolorosamente familiar.

—Alissandru… —Isla lo miró con ojos muy abiertos, como si él hubiera alzado una pata con pezuña y llevara una horca en la mano. El corazón le latía con fuerza en el pecho.

Y, sin embargo, había sabido que vería a Alissandru, que difícilmente podrían evitarse en la hacienda familiar de él y que su llegada lo enfurecería. El resplandor dorado de sus ojos, tan brillantes en su atractivo rostro, transmitía furia y ella retrocedió un paso.

—Pensaba que estabas en Londres.

—Siempre vengo a casa los fines de semana si puedo —confesó él—. ¡Por el amor de Dios!, ¿qué haces aquí?

Un diablillo interior venció la cautela de Isla al oír esa pregunta.

—Tengo todo el derecho del mundo a estar aquí. Esta es mi casa —contestó, alzando la barbilla.

Alissandru apretó los labios.

—Sí, pero sabes que quiero comprártela.

Isla le dio la espalda. Aunque dejó la puerta abierta, estaba decidida a no invitarlo a entrar de palabra.

—No te debo explicaciones de por qué estoy aquí.

Oyó que la puerta se cerraba a sus espaldas.

—¿Te he dicho yo que me las debas? —gruñó Alissandru.

–Sé que no me quieres aquí –musitó ella.

–¿Cuándo he dicho yo eso? –quiso saber él.

La siguió a la sala de estar, con su zona para sentarse y su bar en una esquina, con una bola de discoteca colgando del techo, que estaba muy fuera de lugar con el resto de la estancia.

Isla se volvió y la bata se abrió un instante, mostrando un trozo de muslo interior blanco y una rodilla esbelta. A Alissandru se le secó la boca al recordar la suavidad de raso de su piel.

Isla frunció el ceño. No le gustaba cómo la miraba.

–No hacía falta que lo dijeras. Dejaste muy claro que no querías que nadie que no fuera de la familia poseyera nada de esta hacienda.

–No me disculparé por ese deseo –argumentó él con frustración, acercándose a ella–. La hacienda depende de las propiedades que tengamos. Damos casa a nuestros empleados. Que tú seas la dueña puede causarnos muchas complicaciones. Podrías decidir alquilarla, traer a desconocidos aquí, montar un negocio en ella o exigir derechos de paso.

Indiferente a esa lista de posibilidades no deseadas, Isla se cruzó de brazos y lo miró de hito en hito.

No pienso hacer ninguna de esas cosas –dijo–. ¿Satisfecho?

–Tú sabes que no es eso lo que intento decir.

–Solo quiero que te vayas –Isla se sorprendió a sí misma extendiendo los brazos en dirección a la puerta.

–¿No podrías haberme avisado de que ibas a venir? –preguntó él, imperioso–. ¿O una muestra de buena educación por tu parte sería cruzar la raya que dice que tengo que ser siempre el malo en tu mente?

Isla miró su rostro. La tensión evidente en la línea de la mandíbula y la rabia que ardía como fuego en sus increíbles ojos.

–Bueno, tú casi siempre eres el malo y no finjas que te esfuerzas mucho en ser otra cosa –replicó con furia.

Alissandru se quedó paralizado, como si lo hubiera abofeteado. Palideció.

–Estás hablando del bebé, ¿verdad? –preguntó, cortante.

Isla apenas sabía de lo que hablaba, pero aquella pregunta la hizo volver a la realidad y lo miró desconcertada.

–No, de verdad que no.

–¿Y qué quieres que piense si dices que soy el malo en todas las situaciones? –preguntó él entre dientes.

–¿Cuándo no eres el malo? –quiso saber ella–. Desde luego eres el malo en lo relativo a mi hermana.

–No. Incluso cuando intentó seducirme, lo guardé en secreto –repuso él con rabia contenida.

Isla le lanzó una mirada incrédula.

–No hablas en serio.

–¡Qué diablos! –exclamó Alissandru, apartándose de ella con un gesto de enfado que mostraba que el comentario se le había escapado debido a su furia–. Es cierto que pasó, pero no pienso hablar de ello contigo. Aunque, si lo piensas bien, tiene mucho sentido. Yo era rico y el hermano con el que Tania habría preferido casarse. Hasta que aprendió a conocerme mejor, se consideraba irresistible.

Isla tragó saliva. Deseaba que él no le hubiera contado aquello, pero recordaba que Tania le había dicho que, si se empeñaba, podía conseguir a cualquier hombre que quisiera. Y Alissandru habría eclipsado a Paulu de tal modo, que Tania habría acabado por sucumbir a la tentación. Él era su cuñado, pero también tan hermoso como un ángel guerrero de cabello negro de los que aparecen en las vidrieras. Y sin duda deslumbrada también por su gran riqueza, su hermana habría decidido intentar conquistarlo.

—Deja el tema —pidió Alissandru, cortante—. Es bastante desagradable. Lamento haberlo sacado.

En cierto modo, Isla no lo lamentaba, porque así sabía por fin lo que había detrás del odio que se tenían Alissandru y Tania. Él jamás había perdonado esa falta de lealtad hacia su hermano mellizo y ella tampoco había podido perdonar nunca su rechazo.

—Me convertiste en el malo de la película cuando perdiste al bebé —musitó él con fiereza—. Me apartaste a un lado, saliste huyendo…

—Yo no hui —replicó ella con furia—. Solo necesitaba cambiar de aires. Y no te aparté. Tú ya estabas apartado.

—¿Porque fui sincero al admitir que no estaba seguro de que el niño fuera mío? —preguntó él—. No me di cuenta de que eras virgen. Culpa a la pasión, a la conmoción o a lo que quieras. No noté nada diferente. Y cúlpame también por haber asumido que tomabas anticonceptivos.

—Oh, ya te culpo —respondió ella con aspereza.

—Pero en ausencia de pruebas, asumí que había espacio para la duda y que incluso podrías haber estado embarazada antes de acostarte conmigo —comentó él, sombrío–. Soy un cínico. No me disculparé por cómo funciona mi mente, pero soy receloso por naturaleza a la hora de proteger a mi familia o a mí mismo. Tiendo a asumir lo peor y actuar en consecuencia. Pero yo también sentí la pérdida del bebé.

Isla se quedó inmóvil.

–No te atrevas a contarme una mentira como esa –dijo.

Alissandru tragó saliva con fuerza.

–Independientemente de lo que tú pienses, es injusto que sigas reprochándome mi cautela innata después de haber hecho todo lo posible por apoyarte.

–¿Lo es? –replicó ella–. En Escocia saliste corriendo lo más deprisa que pudiste. Odiabas a mi hermana. Me acusaste de acostarme con tu hermano. ¿Qué esperas que piense de ti?

Alissandru respiró hondo y despacio, como un corredor de maratones que se preparara para una carrera, pero Isla sabía que se esforzaba por no perder los estribos.

–Yo no salí corriendo –dijo entre dientes.

–No podías soportar haber pasado la noche con la hermana de Tania. Asumiste que era una cazafortunas a pesar de que era virgen.

–Tu comportamiento… el modo en que vestías en la boda de mi hermano me llevó a asumir cosas sobre el nivel de tu inocencia –musitó él.

Isla se sonrojó de rabia.

–Yo no tuve mucha elección en lo que llevé aquel día. Tania me dijo que tenía un vestido para mí y tuve que ponérmelo porque no tenía nada más –admitió–. Me quedaba muy ajustado y mostraba demasiado, pero ella dijo que tenía que llevarlo porque hacía juego con su vestido de novia plateado.

Esa sencilla explicación irritó más que tranquilizó a Alissandru, porque ponía en evidencia los prejuicios irracionales que se había formado contra la hermana de Tania la primera vez que la había visto. Esperaba que ella dijera algo más sobre su comportamiento de aquel día, algo que explicara lo que hacía en un dormitorio con su primo Fantino, pero ella no dijo nada más y el rostro de él se endureció. La había juzgado mal, pero ella no era ningún ángel. Una mujer que podía hacer que la deseara incluso vestida como un oso era mucho más seductora de lo que él estaba dispuesto a reconocer.

—Es hora de que te vayas —dijo ella.

Recordaba la noche en Escocia y no podía soportarlo. La sensación de la boca de él en la suya había creado una explosión química que había recorrido todo su cuerpo y la sensualidad mágica de sus manos la había seducido sin reservas. Se había dado cuenta al instante de por qué nunca se había acostado con ningún otro. Porque nadie la había hecho sentirse como él.

—No me iré hasta que hayamos decidido algo sobre la casa —repuso él con terquedad.

Isla enarcó las cejas.

—¿En serio? Te presentas aquí furioso un viernes a las nueve de la noche, me sacas del baño, ¿y exiges que hagamos un trato sobre una casa que aún no sé si quiero vender? ¿Eso te parece razonable?

Alissandru echó hacia atrás su arrogante cabeza y su cuerpo poderoso adquirió un aire insolente de relajación.

–No estoy de un humor razonable. Nunca estoy de un humor razonable contigo –murmuró.

–¿Y eso por qué? –preguntó ella. Le cosquilleaba la piel y un calor perverso se instalaba entre sus muslos.

Los ojos de él, enmarcados por pestañas negras, brillaban como oro líquido.

–Porque siempre que te veo te deseo y no puedo pensar en nada más.

–Tú no has dicho eso –susurró Isla, temblorosa y con el rostro ardiendo.

–He dicho la verdad –la retó él con voz ronca–. Lo único que quiero en este momento es arrancarte esa bata y hundirme en ti una y otra vez.

Isla tembló como una hoja en un vendaval que temiera ser arrancada.

–¡Para! –dijo con fiereza.

–No –replicó él, con suavidad–. Cuando viniste aquí, sabías que ocurriría esto. Acepta las consecuencias.

Isla lo miró espantada.

–Eso no es verdad.

–Tú me deseas –declaró él sin vacilar–. Puede que no te guste, pero me deseas tanto como yo a ti.

–¡Tú te marchaste! –le recordó ella con furia.

–Tuve que obligarme a hacerlo y no funcionó. Tú has hecho que no me interesen otras mujeres –repuso él.

La miraba desvergonzadamente, con una tormentosa promesa sexual que ella sentía hasta la médula de los huesos. Esa mirada la hacía estremecerse. Él emanaba una mezcla sorprendente de desafío y seguridad.

Lo observó acercarse como si estuviera hipnotizada. No podía respirar por la excitación, no podía moverse por miedo a romper el conjuro peligroso de él.

Alissandru la tomó en sus brazos.

–Mañana hablaremos de la casa –le dijo–. Cuando nos quitemos este problema de encima, dejaremos de pelearnos.

«¿Sería verdad?», pensó Isla mientras él la acarreaba escaleras arriba con la misma facilidad que si fuera una muñeca. «Una vez más», razonó para sí, aferrándose a la convicción de que eso los liberaría a ambos de la tentación.

–No deberíamos –protestó con frenesí cuando vio que entraban en la habitación que utilizaba ella.

–No hacemos daño a nadie –repuso él con decisión.

Y era cierto. Hasta donde Isla sabía, no hacían daño a nadie estando juntos. Y además, ¿quién lo iba a saber? Mientras su cerebro se debatía entre parar y seguir, Alissandru la besó con ardor y le separó los labios para introducirle la lengua. Algo se tensó en lo más profundo de ella y empezó a temblar. Echó atrás la cabeza, abrió los labios y el latido impaciente de la excitación golpeó su cuerpo esbelto como una tormenta que sabía que tenía que aplacar.

Capítulo 7

«POR QUÉ hago esto?», se preguntó Isla mirando a Alissandru a la luz tenue que entraba desde el pasillo. Y la respuesta era tan sencilla que habría podido gritar. Lo deseaba, tal y como él había dicho. No podía controlar ese anhelo ni podía sacarlo de su cuerpo traidor. Ese anhelo estaba allí, presente, y reescribió en un instante todo lo que ella creía saber de sí misma.

Él le soltó el cinturón de la bata y se la abrió despacio, al tiempo que se inclinaba sobre ella y se la quitaba con un cuidado que sugería que ella era un paquete precioso. La joven no intentó esconderse. Oyó que se aceleraba la respiración de él y le miraba los pechos. Subió las manos hasta ellos y frotó con los pulgares los pezones erectos mientras le robaba otro beso y ella hundía las manos en su cabello exuberante, deslizaba los dedos por los mechones sedosos y luego los bajaba a sus hombros e intentaba sin éxito tirar de su chaqueta.

–Lo sé, lo sé –gruñó Alissandru con una frustración parecida a la suya. Se apartó sin ceremonia para quitarse la chaqueta y tirar de la corbata con impaciencia.

Isa yacía sobre el lecho, temblorosa de calor y deseo, viéndolo desnudarse. En la granja habían hecho el amor prácticamente en la oscuridad y esa vez estaba hambrienta de detalles y sentía curiosidad. Él arrojó unos preservativos sobre la mesilla y sus ojos se encontraron, los de él a la defensiva, los de ella esquivos, y él se tumbó a su lado y volvió a besarla como si su vida dependiera de ello. Isla se retorcía bajo el peso caliente de él y se arqueó cuando él cerró los labios en torno a un pezón hinchado y lo acarició hasta que ella sintió como si corriera fuego entre sus pechos y su pelvis y atizara la necesidad ardiente que subía despacio entre sus piernas. Era un dolorcillo dulce que no podía soportar.

–Tócame –pidió Alissandru con urgencia, y llevó la mano de ella a su estómago duro y plano.

Y por un segundo, ella permaneció inmóvil, insegura, temerosa de hacerlo mal, y luego conectó con el deseo que expresaba la mirada intensa de él y reconoció allí la misma pasión que la guiaba a ella. Acarició con la mano el pene de él, que parecía raso envolviendo acero, pero que era infinitamente más sensible con su caricia.

Isla bajó la cabeza y rodeó con los labios el pene sin dejar de acariciarlo y oyó con regocijo y satisfacción los sonidos roncos y las palabras italianas jadeantes que pronunciaba él. Un momento después, él la atrajo de nuevo hacia su rostro y la besó en la boca para jugar con la lengua de ella hasta que Isla se retorció contra él y empezó a frotarse contra su pene.

–Pensaba ir despacio, pero no puedo esperar. ¡Madre de Dios!, ¿qué me haces? –gruñó Alissandru, frotando su pene en el pubis de ella.

Sin pensar en lo que hacía, Isla alzó las caderas para recibirlo y él empezó a penetrarla con un movimiento sinuoso de las caderas y luego se quedó inmóvil un instante, salió de nuevo y tomó los preservativos.

–¿Pero qué me pasa contigo? –preguntó con incredulidad–. Casi me olvido otra vez y me juré no volver a cometer nunca ese error.

Isla se quedó un momento inmóvil. «Ese error» era el bebé. Por supuesto, él lo consideraba así, ¿y por qué no? Un embarazo no deseado con una mujer con la que solo había querido pasar una noche. Un gran drama y una fuente de estrés sin la que habría podido pasar y que, desde luego, no querría repetir. Pero ella no entendía por qué una decisión tan sensata la ponía tan triste.

–Lo siento mucho –musitó él, antes de besarla con fiereza en los labios–. No volverá a pasar.

Siguió besándola y, afortunadamente, eso hizo que ella dejara de pensar. Alissandru la penetró con energía y embistió con un gruñido de satisfacción hasta el mismo núcleo de ella, provocando tal sacudida de placer que Isla lanzó un grito. La invasión de él creaba un mundo de sensaciones en su cuerpo y los músculos de su pelvis se iban tensando y aumentando las olas de excitación que la inundaban.

–¡No pares! ¡Por favor, no pares! –gritó en la cima del clímax, cuando su misma existencia parecía depender de la siguiente embestida y el corazón le latía con tanta fuerza y rapidez que no podía respirar.

Llegó un orgasmo explosivo, un paroxismo dulce de placer exquisito que la dejó sumida en una relajación entregada.

Alissandru la acunó en sus brazos, conmocionado después del clímax. Igual que en su primer encuentro, el sexo con Isla era sublime, pero no quería pensar en eso, no quería cuestionar nada. Lo envolvía una paz como no había conocido en largas y tortuosas semanas.

—Ni siquiera te he preguntado si te parecía bien que volviéramos a hacer el amor —musitó.

Isla suspiró. Le parecía bien. No había nada de lo que preocuparse.

Alissandru despertó de madrugada y por un instante no supo dónde estaba. Luego miró a Isla y empezó a salir de la cama, esforzándose por no molestarla. Si la despertaba, se pelearía con él por algo y todo se iría de nuevo al diablo. No, usaría tacto y discreción, aunque ninguna de las dos cosas le salía de modo natural, pero cada vez lo hacía mejor, ¿no? Por ejemplo, no le había dicho que lo había mordido su perro. Volvería a su casa antes de que lo echaran de menos y enviaría a Isla flores y quizá algo brillante porque parecía que no tenía más joyas que un reloj y él quería que supiera cuánto apreciaba que le hubiera perdonado sus pasados excesos y le hubiera dado otra oportunidad.

Isla despertó satisfecha, pero, al volverse, vio que él se había ido. Saltó de la cama, miró en el baño y abajo y comprendió con incredulidad que había vuelto a salir corriendo como si ella no fuera nada, como si no fuera nadie, una aventura de una noche que podía olvidar en cuando amanecía.

Para Isla fue un momento doloroso.

Alissandru la había usado para el sexo. ¿Pero no lo había usado ella también a él? Se duchó y pensó en cómo la había despertado en mitad de la noche para volver a hacerle el amor despacio y en silencio, pero con la misma pasión un poco salvaje de antes. Después la había abrazado y ella se había dormido sintiéndose feliz y segura.

¿Por qué tenía que producirle ese efecto cuando le había hecho más daño que ningún otro hombre? ¿Acaso su cerebro se desconectaba cuando él andaba cerca? ¿Tan poco orgullo tenía?

A la luz del día le costaba aceptar lo que había ocurrido entre ellos. Lo había deseado y él también a ella y la noche anterior todo había parecido muy sencillo. No hacían daño a nadie, como había señalado él, ¿pero acaso no sufría ella? Perder el bebé le había causado mucho dolor y haber vuelto a acostarse con Alissandru complicaría aún más su relación.

¿Por qué no aceptaba la realidad de que sentía algo más por él de lo que era seguro en aquel escenario? Él solo quería sexo. Y la lujuria no era sentimientos, no era cariño…

¿Era eso lo que ella buscaba y quería encontrar con él?

Cuando estaba a punto de arrancarse los pelos por la frustración que le producían sus reacciones con él, llegó Constantia con Puggle.

Isla se sonrojó como una adolescente cuando estuvo delante de la madre de Alissandru. La invitó a pasar a tomar café, se disculpó por el desorden de la cocina y tomó una bandeja para llevar las tazas a la hermosa terraza que daba al jardín de la parte de atrás de la casa. Una vez allí, se concentró en temas prácticos y preguntó si había algún lugar al que pudiera donar ropa y otros objetos. Constantia la ayudó en eso y le preguntó por su amistad con Paulu. Era obvio que le gustaba poder hablar libremente con ella de su difunto hijo.

–Tu hermana hizo muy feliz a mi hijo –comentó la mujer–. En ocasiones también lo hizo muy desgraciado, pero agradezco la felicidad que encontró en ella.

–¿Conocías bien a Tania? –preguntó Isla con curiosidad.

–No. Era su suegra y ella tenía miedo de que me entrometiera demasiado. Es la primera vez que estoy en esta casa –dijo–. Tu hermana nunca me invitó. Protegía su intimidad con fiereza.

–Yo la conocía muy poco porque no era de las que hacen confidencias y no me extraña, teniendo en cuenta que yo era mucho más joven –admitió Isla con tristeza.

–Era muy independiente, posiblemente porque se ganó la vida desde una edad muy temprana –comentó Constantia pensativa–. Alissandru y Tania chocaron desde el primer día, pero eso era inevitable por el temperamento fuerte de los dos.

–Yo también choco con Alissandru –confesó Isla. Y le sorprendió haber hablado tan libremente.

–Eso no le hará ningún daño –Constantia sonrió–. Él siempre cree que lo sabe todo. De pequeño era igual. Osado y mandón.

–¿Y con mal genio? –preguntó Isla.

–Oh, sí –asintió Constantia–. Pero el lado bueno de eso es que también era sincero y responsable. Paulu mentía antes que admitir que había hecho algo mal, pero Alissandru nunca tuvo miedo.

Más tarde, Isla estaba limpiando la cocina cuando sonó el timbre de la puerta.

Fue a abrir y se encontró con un ramo exuberante de flores blancas, metidas en un reluciente jarrón de cristal. No necesitaba leer la tarjeta para saber de quién eran, pero miró divertida las iniciales de Alissandru. Se mostraba muy discreto. No había ningún mensaje ni una firma clara que revelara su identidad.

Cuando sonó el timbre por segunda vez, ella estaba llenando bolsas de basura con ropa de Paulu y de Tania, aunque revisando cuidadosamente bolsillos y bolsos por si aparecía algo que debiera guardar. Esa vez era un hombre que llegaba en un coche con chófer y le entregó una cajita envuelta en papel de regalo, la saludó chocando los talones con precisión militar y volvió a subir al coche. De nuevo llevaba una tarjeta con las mismas iniciales y cuando ella abrió el paquete, se encontró con una caja en cuyo interior había un cegador collar de diamantes. Lo sacó de la cajita, atónita por el brillo irisado de la hilera de diamantes y de pronto la invadió la furia.

¿Alissandru creía que podía regalarle diamantes después de pasar la noche con ella? ¿Era una especie de pago? ¿Una suerte de «no me llames, yo te llamaré»? Pues por ella podía irse al diablo.

Subió con Puggle al coche alquilado y fue hasta el palacio, empujada por la furia. Octavio, el sirviente que Constantia le había dicho que dirigía la casa grande con la eficiencia de un militar, le abrió la puerta y, cuando ella pidió ver a Alissandru, la acompañó a lo largo de un pasillo hasta una puerta, a la que llamó y se retiró.

–¡*Avanti!* –gritó Alissandru.

Isla cruzó el umbral con la impaciencia de una carga de caballería, se detuvo un instante a cerrar la puerta tras de sí y miró de hito en hito a Alissandru, que estaba sentado detrás de su escritorio con un ordenador portátil abierto ante él.

–¡Isla! –exclamó, como si fuera una visitante inesperada pero bienvenida.

Se levantó de un salto con una sonrisa. Llevaba unos vaqueros desgastados y una camisa negra abierta, y estaba visiblemente relajado, disfrutando del fin de semana

–¿A qué debo este honor? –preguntó.

Miró el vestido de lino verde que llevaba ella, un poco informe, que debería haber resultado aburrido pero que, inexplicablemente, resaltaba su maravilloso pelo y sus ojos y acentuaba la gracia de sus esbeltas piernas.

Por desgracia, su voz profunda, que tan seductora resultaba en la oscuridad de la noche, tuvo en Isla el efecto de un lanzallamas.

–Gracias por las flores –le dijo cortante–. Pero no acepto la joya.

Depositó con fuerza la cajita de joyería en la mesa y Alissandru la miró frunciendo el ceño.

–¿Qué ocurre? –quiso saber, sorprendido por el malhumor de ella.

–Si pasas la noche conmigo, no me pagas con diamantes –le informó ella con orgullo fiero.

–No es un pago, es un regalo –la contradijo él, preguntándose cómo algo tan sencillo se podía interpretar tan mal.

–No quiero regalos tan caros –replicó ella–. No los aceptaré.

–Tomo nota –dijo él, cortante–. ¿Pero crees que un error a la hora de elegir un regalo se merece un rechazo tan vehemente?

Isla puso el freno, reacia a entrar en lo que la enfurecía tanto porque no quería traicionarse de ese modo.

–Me has ofendido.

–Obviamente –comentó él, sorprendido de haber creído una vez más que era una copia de su hermana–. Pero era un regalo, una pequeña muestra de aprecio por la noche que hemos pasado juntos.

Isla apretó los dientes.

–Quedarte a desayunar habría sido mejor recibido.

–Pero habría sido indiscreto y te prometí discreción –le recordó él–. Si estoy en casa antes de que amanezca, nadie se da cuenta, pero si vuelvo más tarde, eso suscita comentarios y no sabía si tú te sentirías cómoda desvelando públicamente nuestra intimidad.

La joven se ruborizó entonces, porque no quería que nadie de la hacienda Rossetti conociera aquella «intimidad».

–Quiero que lo de anoche sea un secreto –dijo sin vacilar.

–De acuerdo –aceptó él.

Se agachó a recoger un maletín al que Puggle le había clavado los dientes y acabó levantando al perro y el maletín en el aire.

Isla se acercó enseguida a separar a Puggle y lo riñó cuando el animal gruñó a Alissandru.

—Dale algo de comer y no intentará morderte —dijo.

—¿Y qué tal un poco de disciplina? ¿Entrenamiento? —sugirió él—. ¿No sería más sensato?

—Es más rápido y más fácil darle de comer, pero si no tengo cuidado, se pondrá gordo —suspiró Isla.

Alissandru partió un bollo de mantequilla que había en una bandeja intacta a un lado del escritorio y dejó un pedazo delante de Puggle. El perrito se lanzó sobre él con ansia. Alissandru tenía una buena razón para mostrarse generoso. No quería tener que esquivar ataques del perro por la noche en casa de Isla.

—¿Café? —preguntó, en el silencio incómodo que se había producido.

—No, ahora mismo no. Estoy ocupada vaciando la casa, y como es una tarea que no me gusta, cuanto antes termine, mejor. ¿Qué quieres que haga con el escritorio de Paulu y sus objetos personales?

—Lo que no quieras tú, enviaré a alguien a buscarlo y traerlo aquí —contestó él—. Supongo que su escritorio estará lleno de documentos de la hacienda y debería pasárselos al nuevo encargado por si hay algo de interés.

—Por supuesto —Isla se acercó a la ventana, que daba a las colinas boscosas de la parte de atrás de la casa—. Pienso estar aquí unas semanas.

—Nadie te presiona para que tomes una decisión sobre lo que quieres hacer o el tiempo que te quieres quedar —se apresuró a declarar él, recordando lo atormentada que parecía después del aborto y preguntándose cuándo dolor acarrearía todavía.

–Esto es una especie de vacaciones para mí antes de volver al mundo real –admitió ella.

–¿Y qué entraña volver al mundo real? –preguntó él, mirando cómo brillaba el sol en su pelo, creando un resplandor de rizos multicolores sobre su perfil perfecto.

Parecía nerviosa, como si esperara que él hiciera o dijera algo a lo que ella pudiera objetar y que pudiera usar como excusa para escapar.

Alissandru nunca había conocido a una mujer como ella. Una mujer que le tiraba diamantes a la cara porque se sentía insultada por ellos. Una mujer que lo desafiaba, se enfrentaba a él e imponía su criterio, una mujer impredecible y, en cierto sentido, tan explosiva como él.

–Probablemente vuelva a estudiar –confesó ella de mala gana, como si darle información tan personal estuviera fuera de los límites de su relación.

–¿A estudiar qué? –preguntó él, con curiosidad genuina.

–Primero tengo que hacer un curso, pero, si apruebo, creo que me gustaría estudiar técnico de ambulancia. Quiero hacer algo interesante, tener actividad –admitió, volviéndose a mirarlo.

–Será duro, pero creo que tú eres lo bastante fuerte para lograrlo –Alissandru la miraba con tal intensidad, que una llama de calor subió por la piel de ella, calentándola por dentro y por fuera en lugares en los que prefería no pensar. Lo instantáneo de su reacción la asustó y, sintiéndose vulnerable, apartó la cabeza y se dirigió a la puerta.

–¡Ah! –murmuró desde el umbral. Te daré una

pista, si no eres demasiado orgulloso para tenerla en cuenta. Tu madre necesita otro perro. Adora a Puggle y creo que le encantaría tener una nueva mascota.

Y desapareció sin más. Alissandru frunció el ceño y llamó por teléfono para organizar que un empleado empaquetara y recogiera el contenido del despacho de su hermano. Isla era considerada, amable e intuitiva. Un cachorro nuevo consolaría a su madre, cuya necesidad de compañía él no llenaba. Constantia había visto a diario a su hermano y lo echaba mucho de menos, mientras que él, Alissandru, siempre había viajado por el mundo por negocios. Era cierto que pasaba mucho más tiempo en casa que antes, pero le remordía la conciencia que una extraña hubiera tenido que mostrarle algo que debería habérsele ocurrido antes a él.

Tras volver a la casa, Isla hizo dos viajes a organizaciones de caridad de la zona. Pensaba mucho más en Alissandru de lo que debería y lamentaba haber perdido los estribos con él. Su reacción había sido exagerada. Siempre lo era con él. Había pasado por alto la realidad de que un collar de diamantes podía ser un gran regalo para ella, pero sería algo mucho menos importante para un hombre tan rico como él. Aun así, era mejor haberle devuelto un regalo tan caro, no fuera a ser que él empezara a pensar de nuevo que era una cazafortunas. ¿O lo seguía pensando en secreto? Alzó los ojos al cielo. No tenía ni idea de lo que pensaba Alissandru porque, en cierto sentido, le había enseñado a medir sus palabras cuando estaba con ella.

Cuando regresó, fue un alivio ver que se habían

llevado el contenido del despacho de Paulu. De los efectos personales, eligió solo una foto enmarcada de la pareja en una playa, en la que ambos sonreían. Eso, un colgante de oro que había pertenecido a su madre y el taburete ridículo de piel de leopardo eran lo único de la casa que quería conservar.

Con la ayuda del antiguo ayudante de Paulu, Alissandru abordó una tarea que había evitado mucho tiempo y casi se sintió agradecido por la parte que jugaba Isla al obligarlo a hacerlo.

—Esto son temas legales —dijo el secretario de su hermano, pasándole un documento doblado que llevaba el sello de un notario.

Alissandru frunció el ceño y se preguntó por qué habría acudido su hermano a otro abogado aparte de Marco, el abogado de la familia. Lo abrió y lo desconcertó descubrir que el documento era otro testamento y, lo más importante, un documento hecho ante notario y con testigos y más reciente que el que tenía el abogado de la familia.

Y Alissandru vio con consternación que ese documento lo alteraba todo. Solo semanas antes de su muerte, su hermano había cambiado de idea respecto a cómo disponer de sus bienes materiales, seguramente pensando que no sería buena idea dejar su casa a alguien de fuera de la familia. Se lo dejaba todo, la casa y el dinero, a él, a Alissandru, y este gimió en alto. ¿Por qué demonios había cambiado Paulu de idea?

Sospechaba que el consejo de Isla había ayudado a su hermano a recuperar a Tania y que, en el primer testamento, la gratitud lo había persuadido de dejarle sus bienes a su cuñada, en el caso de que su esposa y él murieran antes. Y más tarde, probablemente, Paulu, que siempre le daba muchas vueltas a todo, habría empezado a pensar en el riesgo de dejar un testamento así y en el efecto que eso podría tener en su hermano.

Alissandru apretó los dientes. Había estado mal dejarle la casa a alguien que no era miembro de la familia, pero dejarle también el dinero a él era un gesto innecesario. Él no lo necesitaba, pero ella sí.

¿Y cómo iba a redirigir una situación que ya amenazaba con convertirse en una terrible injusticia?

Guardaría silencio. Dejaría el nuevo testamento en la caja fuerte en lugar de dárselo a Marco Morelli, quién, como abogado de la familia, informaría de inmediato a Isla de la existencia del nuevo testamento. ¿Pero no era ilegal suprimir así el nuevo testamento? Alissandru respiró hondo. No quería violar la ley, ¿y no era su deber procurar que se respetaran las últimas voluntades de su hermano?

Le daría el nuevo testamento a Marco y le diría que no quería ejecutarlo. Seguramente, como heredero principal, tendría derecho a tomar esa decisión. Quería que Isla conservara el dinero, solo quería la casa y no tenía ningún problema en comprársela.

¿Pero y si ella decidía no vender o elegía vendérsela a otro? El nuevo testamento sería su salvaguarda, un arma que solo utilizaría si no le dejaban más remedio.

Capítulo 8

POR FAVOR, cena con nosotros esta noche –pidió Constantia, viendo la expresión reticente de Isla.

–Es un asunto familiar –señaló la joven–. Y no soy de la familia.

–Tu hermana era esposa de mi hijo y tú siempre serás de la familia –le aseguró la madre de Alissandru con tono de reproche.

–No tengo nada que ponerme. Estoy segura de que todos iréis muy elegantes.

–Elegante solo irá Grazia, amiga de Alissandru, pero es que ella es diseñadora de moda. Un vestido normal será suficiente.

–Me temo que no he traído nada elegante.

Isla suspiró. Se había puesto tensa al oír la referencia a la «amiga» de Alissandru e intentaba combatir el deseo irrefrenable de preguntar quién era Grazia y cuál era su relación con él. Decidió que las relaciones secretas estaban muy bien hasta que aparecían complicaciones como aquella.

Pero como Constantia le caía bien y no quería ofenderla, sacó el único vestido adecuado para la ocasión que tenía y se lo puso. Era un vestido normal negro, que había comprado una vez para una cena del trabajo. Se maquilló más que de costumbre. ¿Grazia? ¿Quién era Grazia? Invadida por la curiosidad, fue en su coche hasta el palacio, donde ya había aparcados una colección de automóviles.

Constantia se esforzó por presentarle a todo el mundo y, a decir verdad, aunque había algunas joyas resplandecientes, muchas mujeres llevaban vestiditos negros, si bien la mayoría eran más elegantes que el suyo. Algunos rostros le resultaban familiares por la boda de años atrás, pero, por suerte, no había ni rastro de Fantino el pervertido, como llamaba ella mentalmente al primo de Alissandru. De este y de su «amiga» tampoco había ni rastro todavía, pero un momento después, subieron de volumen las conversaciones en la enorme sala de recepción donde se habían reunido a beber e Isla miró hacia la puerta y vio entrar a su anfitrión con una rubia alta y esbelta que llevaba un vestido de color mandarina con un gran escote. Isla pensó que a él le gustaban las rubias, y al momento siguiente añadió que le gustaban las rubias que se pegaban porque su animada compañera se agarraba a él con fuerza, como si temiera que pudiera escapársele.

Isla siguió observándolos. En cuanto alguien intentaba entablar conversación con Alissandru, intervenía Grazia, en ocasiones colocándose entre la otra persona y él o saludando a alguien en otro punto de la estancia y tirando de él hacia allí. Hablaba constantemente, exigiendo su atención, tocándole la manga y, en cierto momento, deteniéndose a enderezarle la pajarita en una declaración de familiaridad que hizo apretar los dientes a Isla.

Todo aquello resultaba para ella un espectáculo

incómodo, cuando Alissandru había estado en su cama la noche anterior. ¿Tenía celos? ¿Era muy posesiva? No le gustaba esa idea. En cuanto a él, pudo ver el momento en que abrió un poco más los ojos al verla. No esperaba que estuviera allí y se movió con su acompañante en todas las direcciones menos la de Isla, y cuando entraron todos al comedor, la joven estaba ya harta de sentirse ignorada.

Cuando avanzaban por el gran vestíbulo en dirección al comedor, Alissandru se dirigió a ella por fin.

—Isla. Mi madre no me dijo que vendrías.

—Ha sido muy amable de su parte invitarme —musitó la joven.

Miró a Grazia y Alissandru las presentó.

—O sea que eres hermana de Tania —comentó esta—. No te pareces mucho a ella.

—No —Isla, que estaba acostumbrada a oír esos comentarios en boca de la gente que había conocido antes a Tania, se limitó a sonreír—. El color de tu vestido es maravilloso —dijo.

Grazia no necesitó nada más para empezar a contarle que había encontrado la tela en un mercado de seda de Marruecos y la había importado para hacer ropa para su último desfile de moda. Cuando se separaron para buscar sus asientos, Isla estaba razonablemente contenta de cómo había ido el encuentro. No le había sacado los ojos a Grazia ni había abofeteado a Alissandru, aunque no podía evitar preguntarse si se estaría acostando también con la rubia.

Era imposible no preguntárselo cuando ella lo tocaba continuamente con una familiaridad que sobrepasaba la definición de amistad. Así que Isla decidió que el vínculo no era platónico, al menos por parte de Grazia, y no tuvo más remedio que reconocer que estaba aprendiendo cosas de sí misma con Alissandru. Como que era celosa y posesiva. De hecho, le costaba mucho mirar a otra parte de la habitación.

Alissandru pensó con impaciencia que su madre debería haberle avisado que Isla asistiría esa noche. Era fácil leer en sus sonrisas tensas y en su rostro rígido todo lo que no quería ver allí. Estaba furiosa con él e intentaría echarlo de su cama. Se mostraría muy recelosa. El niño que habían perdido había creado un vínculo más profundo entre ellos, pero esa capa extra los unía y dividía a la vez. Maldijo el deseo de mantener el secreto de Isla y se preguntó cómo diablos se había metido él en una aventura tan potencialmente caótica. De hecho, no sabía cómo había vuelto a acabar en la cama de Isla ni por qué había pasado casi todo el día pensando en repetirlo y regodeándose con el recuerdo de su cuerpo. De pronto se descubría obsesionado con el sexo por primera vez desde la adolescencia y eso lo había cegado a cualquier otra consideración.

Isla era muy distinta a sus anteriores amantes. No se parecía a ellas, no actuaba como ellas, no pensaba como ellas y era muy improbable que respetara los límites de él. Límites, por otra parte, muy claros. Él no se ataba, no le gustaban las cadenas ni los dramas ni planes para el futuro que se extendieran más allá de una semana.

—Es muy celosa, ¿verdad? —le susurró Grazia al

oído–. Pero no parece de las que hacen una escena en público.

–¿A qué demonios estás jugando? –preguntó Alissandru, sombrío.

–No he podido resistirme a ponerla a prueba desde que me has dicho que estaba aquí –confesó Grazia–. Una mujer que devuelve diamantes puede valer su peso en oro para un hombre como tú.

–¿A qué te refieres con lo de un hombre como yo? –gruñó Alissandru, enfadado porque Grazia agitaba las aguas solo por divertirse.

Su amiga le dedicó una sonrisa afectuosa.

–Para ser sincera, lo has tenido muy fácil con las mujeres. Chasqueas los dedos y se ponen a tus órdenes, las dejas plantadas y se portan como si fueras su mejor amigo con la esperanza de que vuelvas. Y aquí estás, intentando impresionar a una mujer por primera vez en tu vida y ella ni siquiera pasea contigo a la luz del día. Me parece genial.

–No he debido hablarte de ella.

–No, pero no me lo has contado todo, ¿verdad? Intuyo que hay más de lo que estás dispuesto a decir.

–Ocúpate de tus asuntos –le dijo él con brusquedad, pensando que había cosas que jamás le contaría a nadie.

Isla se quedó el tiempo mínimo que exigía la cortesía y después del café se dirigió a su coche con una sensación de alivio por haber escapado de una situación molesta. «Vivir para aprender» se dijo, y durante la velada había aprendido que el sexo en sí mismo no

le bastaba. Alissandru era un mujeriego y ella no podía decir que no estuviera advertida, no solo por los
cotilleos de Tania, sino también por el rechazo en la
granja. Dos personas tan distintas como ellos no podían encajar bien.

Pero mientras se desmaquillaba pensó que no se
arrepentía de nada. No se iba a castigar con eso porque ya era hora de que adquiriera algo de experiencia
con los hombres. Y con Alissandru había vivido una
gama completa de sentimientos, desde un aborto
hasta el placer que había encontrado en sus brazos.
Al menos él había sido útil en ese sentido. Útil para
eso pero no para mucho más. Un ejemplo poco atractivo. Fantástico para sexo e inútil en cualquier otra
esfera.

Sonó el timbre de la puerta y ella se puso tensa,
pero lo ignoró. Volvió a sonar, con más fuerza, como
si lo pulsara una mano enfadada, y el sonido hizo que
Puggle empezara a ladrar. Isla se metió en la cama y
tomó su libro, preguntándose si debería bajar a hablar
con Alissandru. Sabía que era él. ¿Pero qué podía
decirle? Otra discusión no ayudaría nada, sobre todo
porque tendría que tratar con él para vender la casa.
No, era más sensato pasar página e ignorarlo, y eso
implicaba no pensar más en él y no soñar más con él.
Y la vida le pareció de pronto muy aburrida.

Alissandru no tenía experiencia sintiéndose ignorado y eso lo enfurecía. Con Isla nunca sabía qué esperar. Cuando no le gritaba o le bloqueaba el teléfono,
lo dejaba al margen, se aferraba a su intimidad y él
quería invadirla. Un hombre sensato, sin embargo, se
iría a su casa y la dejaría descansar. Pero él nunca daba

la espalda a un reto. Dio la vuelta a la casa y calculó
si podía subir al tejado de la cocina para llegar desde
allí al dormitorio, donde ella había dejado la ventana
abierta. La lógica le aconsejaba que se fuera a casa y
su naturaleza testaruda lo alentaba a enfrentarse a
Isla.

Se soltó la pajarita para desabrocharse el cuello de
la camisa, lanzó la chaqueta sobre un arbusto y probó
una tubería de desagüe para ver si lo sostendría.

Isla oyó un ruido y alzó la vista del libro. Cuando
vio una mano que entraba por la ventana para agarrarse al alféizar, gritó tan fuerte que se hizo daño en
la garganta.

–¡Por el amor de Dios! Soy yo –gruñó Alissandru.

Abrió más la ventana y entró con agilidad por ella.

En un abrir y cerrar de ojos, Isla pasó del terror a
la rabia.

–¿Qué demonios te crees que haces? ¡Me has dado
un susto de muerte!

–Deberías haber contestado al timbre –señaló él
con sequedad, mirándola con atención.

–¿Cómo narices has subido aquí? –preguntó ella.
Saltó de la cama y se asomó por la ventana–. ¿Has
escalado la pared? ¡Estúpido idiota! ¡Podría haberte
pasado algo!

–Pero no me ha pasado –señaló él. La atrapó entre
sus piernas y le puso las manos en las caderas–. No me
gusta presumir, pero en mi juventud escalé el Everest.
Y me alegra mucho llegar y descubrir que no llevas
prendas peludas…

Isla se quedó paralizada en el sitio, muy consciente
de que, al tomarla por sorpresa, Alissandru la había

pillado sin maquillaje y con un pijama corto. De pronto tuvo la impresión de que la tela se pegaba a su piel húmeda y se puso colorada.

–Aunque tienes un gusto muy excéntrico en lencería –ronroneó él, mirando la rana pintada en el pijama–. Te compraré algo más de mi gusto.

Isla levantó bruscamente las manos para romper el conjuro, por no hablar del abrazo, y regresó a la cama.

–No, tú no me comprarás lencería a juego con tus fantasías –dijo con toda la frialdad de la que fue capaz–. Tú te irás ahora y lo harás por la puerta.

Alissandru negó con la cabeza y suspiró. Se estiró para soltar los hombros y el movimiento hizo que los músculos se marcaran a través de su camisa. Isla apartó rápidamente la mirada.

–¿Qué quieres? –preguntó, exasperada.

Alissandru le dirigió una sonrisa lobuna.

–Creo que a estas alturas ya sabes lo que quiero.

–No. Hemos terminado.

–Por lo que a mí respecta, no.

–No te he preguntado tu opinión –repuso Isla con frustración.

–¿Por qué siempre estás enfadada conmigo? –preguntó Alissandru, con el ceño fruncido–. Si fui el primero, no debe de ser porque haya una larga fila de hombres malos que te han decepcionado en el pasado.

–Con uno como tú es suficiente. ¿Dónde has dejado a tu cita de la cena para venir aquí?

–Grazia se ha ido a casa, probablemente riéndose durante todo el camino –respondió él con sorna–. Nos conocemos desde la infancia como vecinos y amigos.

Es la hermana que nunca he tenido, pero cometí el error de hablarle de ti antes de que llegara esta noche y decidió jugar un poco.

—¿Le hablaste de mí? —preguntó Isla—. ¿Qué le dijiste? Y ya que estamos con un tema que no tenía intención de sacar, ¿por qué una mujer que dices que es como una hermana te acaricia como a un osito de peluche?

—Para ver si te ponía celosa —repuso Alissandru con desdén—. Tiene un extraño sentido del humor, siempre lo ha tenido.

—¿Qué le has dicho de mí? —preguntó Isla con tono acusador.

—No le he contado nada muy íntimo, créeme —contestó él, sombrío—. Hay historias que no se comparten, y aquella tragedia es una de ellas.

Parte de la tensión de Isla se aflojó y sus ojos se suavizaron, aceptando que aquel doloroso recuerdo fuera solo de ellos.

—Ha exagerado tanto el coqueteo que tendrías que haberte dado cuenta de que era fingido. ¿De verdad crees que yo estaría con una mujer que se comportara así conmigo en público?

—No sé. Es la primera vez que te veo en público con una mujer —señaló ella. Se sentía tonta y mortificada, y no sabía si debía creerlo o no—. Vete a casa. Ya te he visto bastante por una noche.

—Pero yo a ti no —murmuró él con voz ronca, mirándola con sus hermosos ojos con reflejos dorados.

Isla tragó saliva con fuerza para combatir con todas sus fuerzas el foco de calor que empezaba a despertar en su vientre.

–Y lo de esta noche cambia la situación –declaró él–. Si tú y yo nos dejáramos ver juntos abiertamente, esta noche habría estado contigo y no con Grazia, así que, de ahora en adelante…

–¡No! –lo interrumpió Isla con fiereza, paralizada de miedo por la idea de que su intimidad fuera de dominio público.

Lo sabría todo el mundo. Todos pensarían que era una fulana que se acostaba con Alissandru a los cinco minutos de haber llegado a Sicilia y todos serían testigos de su humillación cuando aquello terminara. ¿Y si llegaba a saberse la historia del bebé que había perdido? Sintió un frío intenso porque aquel recuerdo era algo muy íntimo. Se sonrojó de furia porque sabía cómo era él, sabía que no duraba más de dos semanas con ninguna mujer, sabía que era estúpido imaginar incluso que duraría tanto con ella, una antigua camarera que no era famosa ni poseía una belleza extraordinaria.

–¿Por qué no? –preguntó él.

–No quiero que lo sepa la gente –confesó Isla.

–¿Te avergüenzas de mí? –Alissandru la observó con rabia y fascinación, porque estaba acostumbrado a mujeres que querían exhibirlo como un trofeo.

Isla se sonrojó.

–Claro que no –murmuró de un modo poco convincente, en lucha todavía con su educación y los principios que insistían en que el scxo solo era aceptable en una relación amorosa. ¿Y qué era ella si se entregaba a lo loco por puro placer? Si otras personas veían eso, se sentiría humillada, mientras que lo que ocurriera en privado era solo asunto suyo.

–O estamos juntos abiertamente o hemos terminado –declaró Alissandru con ojos brillantes.

Isla tragó saliva con fuerza, nada preparada para
un desafío tan directo. Era un ultimátum.

–Si nos mostramos juntos abiertamente, ¿adónde
nos lleva eso? –preguntó para ganar tiempo.

–Tal vez a ninguna parte –dijo él con brusquedad–.
Pero al menos sería normal y podría enseñarte Sicilia
mientras estás aquí.

–Lo pensaré –murmuró ella. Tiró de la colcha con
dedos nerviosos.

–Piénsalo ahora mismo –dijo él con impaciencia.

Isla pensó que aquella prisa era elocuente. Él no
los veía durante mucho tiempo. Por otra parte, ella
tampoco, así que aquello no era ninguna revelación.
¿Qué tenía que perder? ¿Qué era lo que más temía?
Perderlo a él. Esa revelación la sorprendió, pero no
cambiaba nada porque, o elegía perderlo ya por propia elección o afrontaba perderlo en un futuro cercano
y cuando no quisiera. ¿Haber perdido el bebé hacía
que le pareciera peor perder a Alissandru? ¿Por eso se
sentía tan unida a él? Le gustaba esa explicación.
¿Pero no era ya hora de correr un riesgo en su vida?
¿De abandonar la necesidad de protegerse e incumplir
las reglas de sus abuelos, que se habían criado en otra
época?

–De acuerdo –respondió.

Alissandru le lanzó una sonrisa pícara, sacó su teléfono, pulsó un número y habló rápidamente en italiano. Dejó el teléfono a un lado y empezó a desabrocharse la camisa, mostrando un trozo fascinante de
pecho bronceado.

–A partir de ahora, me dejarás comprarte cosas.

Isla ladeó la cabeza. Sus ojos azules brillaban en su rostro sonrojado.

–¿Alissandru? Déjalo mientras llevas ventaja –le aconsejó–. Se supone que tienes que ser generoso en la victoria.

Alissandru se agachó y la besó en la boca.

–No, ahí es cuando entro a matar, *bella mia*.

Se desnudó sin apartar los ojos de ella y eso hizo que se sintiera como si fuera la única mujer en el mundo para él. «Un momento en el tiempo», se dijo. Un momento para sentirse así de especial valía lo que pudiera costarle después. Esa vez lo miró desnudarse sin apartar la vista, sin negar su curiosidad. Y él estaba ante ella glorioso como un dios griego, absolutamente viril, hecho de contornos duros de hueso y fuerza, con su hermosa piel bronceada cubriendo músculos poderosos. La prominencia de su pene excitado hacía que se le secara la boca a Isla.

Él le quitó sin ceremonia el pijama con el dibujo de rana y lo tiró al suelo. Observó sus curvas blancas con gran apreciación y bajó la cabeza para acariciar con la lengua un pezón hinchado. Ella respiró con fuerza y reconoció la ola de calor húmedo en su núcleo. Movió las caderas con el cuerpo ya preparado.

–¿A quién has llamado? –preguntó, temblorosa.

–He encargado que nos traigan aquí el desayuno –repuso él, trazando con sus dedos largos las pecas esparcidas por los pechos–. No pienso escabullirme como un ladrón antes de que amanezca.

–Y a partir de ahora entrarás por la puerta principal –murmuró ella, sin aliento.

–Siempre que tú contestes al timbre –aclaró él.

Isla sonrió.

–Pues tú procura tratarme bien –murmuró.

Bajó una mano posesiva por el estómago plano de él hasta tocarle el pene y vio la reacción de él en sus ojos.

–Creo que eso puedo prometerlo –musitó él. Se giró para buscar el núcleo de ella y acariciarlo.

La joven se retorció y buscó de nuevo la boca de él. Todo su cuerpo le gritaba que corriera a la línea de meta.

Alissandru lanzó un gruñido ansioso cuando ella se apretó contra él, sobresaltada al captar que él se esforzaba por mantener el control, pues ella necesitaba que lo perdiera. Para Alissandru el sexo nunca había sido así. Era tan disciplinado en ese tema como en todo lo demás de la vida, pero su deseo por Isla era difícil de saciar. Le dio la vuelta, la colocó a cuatro patas y la penetró con un suspiro de placer.

Isla estaba tan excitada, que no sabía qué parte de ella estaba más inflamada. El corazón le latía con tanta fuerza que amenazaba con salírsele del pecho. Estaba tremendamente receptiva. Le palpitaba el pubis de un modo casi insoportable y al instante siguiente lo notó a él donde más lo necesitaba y la intensidad de esa primera embestida la hizo volar más alto que las estrellas, con el cuerpo tensándose y explotando con sensaciones abrasadoras. Tuvo que agarrarse al cabecero de metal de la cama para mantenerse en posición.

Pero la abrasadora ola de calor de respuesta palpitante continuó a medida que él aumentaba el ritmo, embistiendo con una fuerza insistente que la lanzaba cada vez a más altura. El fiero paroxismo de placer la arrastró hasta que finalmente se derrumbó bajo él y oyó el grito de placer de él. Alissandru se abrazó a ella, uniendo sus cuerpos sudorosos con una intimidad que ella encontró increíblemente tranquilizadora.

–Nunca había estado así con una mujer –jadeó él.

Enterró la nariz en los rizos con olor a fresa de ella, sintiendo el leve peso de ella encima y le sorprendió notar las primeras muestras de excitación renovada.

–Encendemos el cielo –musitó.

–Tú te alejaste de mí la primera vez –no pudo evitar recordarle ella, decidida a no tomarse al pie de la letra todo lo que él decía.

–Apenas nos conocíamos –le recordó él a su vez–. Y quizá te comparé con tu hermana más de lo necesario.

Isla sonrió en la oscuridad ante aquella concesión que creía que no oiría jamás.

–Pero nada dura eternamente, en especial a nuestra edad –continuó él, para que ella no empezara a pensar que aquella aventura era de las de largo plazo.

Isla apretó los dientes en silencio. No creía en finales felices de cuento de hadas. Había habido pocos momentos realmente felices en su vida y prefería concentrarse en alcanzar objetivos más prácticos que mejorarían su vida.

Vendería la casa e iniciaría los trámites para ir a la universidad. Como siempre, mejoraría a base de trabajo y esfuerzo. Con eso en mente, murmuró adormilada:

–Tranquilo. Me aburriré de ti en dos semanas. Puede que seas el primero, pero, desde luego, no serás el último.

La rabia que sintió Alissandru al oír eso lo pilló por sorpresa. Eso era lo que quería oír, ¿no? No era rechazo, era realismo. Muy probablemente, él se aburriría antes, aunque en aquel momento estaba de todo menos aburrido. No había necesidad de imaginar que allí había algo más que sexo. No, el enfoque más inteligente era aprovechar al máximo aquel regalo inesperado de placer y no pensar en el futuro.

–Te voy a llevar de compras –anunció Alissandru a la mañana siguiente a las ocho, revisando el armario donde había colgado ella unas pocas prendas–. No tienes bastante ropa.

–Si me llevas de compras, tienes que prometerme que no abrirás tu cartera –comentó ella.

Alissandru la ignoró y lanzó un vestido blanco sencillo sobre la cama.

–¡Venga, levántate! –dijo con impaciencia–. Vamos a desayunar al palacio.

–¿No dijiste que habías encargado que trajeran el desayuno aquí? –preguntó ella, consternada–. Allí está tu madre.

Alissandru lanzó un gemido.

–Mi madre vive en su parte de la casa y jamás se le ocurriría abrir la puerta de conexión si yo estoy en casa con una invitada.

Isla no estaba convencida.

–¿Pero cómo sabrá que tienes una invitada?

—Se lo dirán los empleados.

La joven se dio prisa en el cuarto de baño, nerviosa al pensar que los empleados informarían a Constantia. Luego se riñó por preocuparse por algo así. Se iría pronto de Sicilia y guardaría solo un vago recuerdo, pues no era probable que regresara. ¿Qué importaba lo que pensara nadie de su moralidad? Sus abuelos habían vivido en una comunidad pequeña, donde la opinión de los vecinos había regido sus vidas. Ella llevaba una vida mucho más anónima.

Alissandru notó que Isla caminaba a varios pasos de distancia de él, como si fuera un desconocido al que acababa de encontrar por casualidad en el camino, y eso lo irritó. Se acercó y le tomó la mano y se sonrojó cuando ella lo miró sorprendida.

Isla se quedó desconcertada cuando él la besó en la boca delante del palacio con el entusiasmo de un hombre que llevara semanas esperando aquello. Cuando le soltó la mano, ella le devolvió el beso, sin aliento y embargada por una energía y felicidad súbitas. Deslizó de nuevo la mano en la de él antes de dirigirse a la puerta principal.

El comedor era una versión mucho más pequeña del salón en el que habían cenado la noche anterior, pero la mesa estaba bellamente puesta, con cubertería brillante y cristalería tallada. Octavio estaba detrás de la doncella encargada de un carrito largo.

—¿Qué sueles desayunar? —preguntó ella.

—Esta mañana estoy hambriento —confesó Alissandru con un brillo de regocijo en los ojos.

Isla se sonrojó y tuvo que admitir que sentía lo mismo.

Él la observó con satisfacción dar muestras del apetito más sano que había visto jamás en una mujer, y tras devorar un buen plato, acabó con un cruasán y una taza de chocolate caliente.

—Tenemos un día ajetreado por delante —le dijo él cuando terminaron.

—¿Ah, sí? —preguntó ella.

—Fue idea tuya, así que vamos a recoger un cachorro en el otro lado de la isla. Podría hacer que lo trajeran aquí, pero hay una camada de carlinos y creo que debes elegir tú, que entiendes más de perros que yo.

Isla miró un instante a Puggle, que merodeaba en torno a los pies de Alissandru con la esperanza de conseguir algo más.

—¿Te empieza a gustar? —preguntó.

—Me temo que no. Es un manipulador desvergonzado y bastante arrastrado —contestó él con disgusto.

Isla se echó a reír.

—Le da igual lo que pienses siempre que le des comida. Es un perro, no un humano.

El sonido de su risa animó la habitación formal de techos altos y aligeró la atmósfera. Alissandru frunció el ceño como si ella fuera una adivinanza aún no resuelta. No recordaba a ninguna mujer que se hubiera esforzado menos por impresionarlo. No coqueteaba, discutía con él y se mostraba relajada en su compañía. Esa resistencia a sentirse impresionada por él suponía un desafío. Y aunque lo exasperaban las mujeres que se aferraban, quería ver a Isla esforzándose por atraerlo. ¿Sería porque ninguna mujer le había hecho trabajar tanto para conseguir su aprobación?

No lo sabía y no le importaba. Se contentaba con

vivir el momento. Isla no estaría mucho tiempo en Sicilia y aprovecharía al máximo su compañía mientras durara, disfrutando todo lo posible hasta que aquella aventura alcanzara su conclusión natural.

Capítulo 9

O SEA QUE tu familia siempre ha sido rica y privilegiada –resumió Isla–. Mi procedencia es muy distinta. Vengo de una larga línea de pobres. Mis abuelos eran todos granjeros y apenas sacaban para vivir. Mi padre era perito eléctrico y podría haber prosperado si no lo hubiera matado un aneurisma con treinta y pocos años.

–¿Por qué te criaron tus abuelos maternos? ¿Dónde estaba tu madre? –preguntó él. Tomó la botella de vino para rellenarle el vaso.

–Intentando sobrevivir con dos trabajos y cuidar de Tania. No habría podido ocuparse además de un bebé. Estaba enferma, sufría del riñón. No hubo ninguna posibilidad de que nos reuniéramos las tres y viviéramos como una familia –dijo ella. Cubrió su vaso con la mano–. No quiero más. Con este calor, me dormiría.

–Creo que yo podría mantenerte despierta –comentó él con ojos brillantes.

Estaban sentados en un prado con un picnic de lujo extendido ante ellos. Desde allí tenían una vista de pájaro de la hacienda Rossetti. Un *collage* verde de bosquecillos y viñas entremezclados con olivos. Esa mañana Alissandru la había llevado a recorrer toda la hacienda, e Isla tenía sueño. Enderezó los hombros y frunció el ceño cuando se le clavó el sujetador en el esternón. ¿Había puesto peso? Era muy posible, teniendo en cuenta que habían comido fuera tan a menudo y que la comida el palacio era fabulosa.

Pero poner peso no haría que le dolieran los pechos. Probablemente se debía a la falta del periodo, que todavía no había vuelto a la normalidad después del aborto. ¿Pero cómo consultar a un doctor allí en Sicilia sobre un tema tan íntimo y sin hablar el idioma? Aquello tendría que esperar hasta que volviera a Londres, donde ya no necesitaría anticonceptivos.

¿Debería hacerse una prueba de embarazo? Pero, aparte de un breve instante la primera noche en Sicilia con Alissandru, él siempre la había penetrado con preservativo. Y, sin embargo, la ausencia de periodo y los pechos doloridos eran una señal de embarazo. Decidió que sería muy capaz de identificar una prueba de embarazo en una farmacia siciliana y que compraría una para descartar aquella terrible posibilidad.

Alissandru la miraba apoyado en un codo y se preguntaba qué estaría pensando para mostrarse tan seria. Casi no podía creer que ella llevara ya seis semanas en Sicilia y él hubiera permanecido allí todo ese tiempo, enganchado al placer que le daba ella. Seis semanas eran todo un récord para él. Quizá porque Isla era una compañía fácil e inteligente y había disfrutado viendo Sicilia a través de la mirada más inocente y menos crítica de ella. ¿Pero cuándo llegaría el aburrimiento y la necesidad de nuevas relaciones? Además, había trabajado poco desde su llegada allí y eso lo desconcertaba.

Por supuesto, vivir el momento entrañaba eso y, teniendo en cuenta que hacía años que no tomaba unas vacaciones, no era ilógico que aprovechara al máximo esa etapa porque Isla no pasaría mucho más tiempo allí. Ya había solicitado un curso en Londres, que empezaría en el otoño. Asumía que pensaba quedarse el verano allí, pero no se lo había preguntado porque no quería darle la impresión equivocada.

Isla estaba tumbada con la vista fija en el perfil de él. La aterrorizaba que ya no era capaz de imaginar la vida sin él. En su vida había conocido solo momentos fugaces de felicidad y la dicha efervescente que sentía con él era algo nuevo. Desde la llegada de él, no había dormido sola ninguna noche y, si interferían negocios o viajes, Alissandru no tenía inconveniente en entrar en su cama en mitad de la noche o incluso al amanecer. O dormían en la enorme cama de caoba con cuatro postes de él o compartían la cama de ella en la casa de su difunto cuñado.

Pasar de ser parte de una pareja a adaptarse a vivir sola de nuevo no sería fácil. Estaban juntos las veinticuatro horas y él no parecía aburrido… todavía. Además, tenían muy pocas peleas.

Las diferencias de opinión se daban normalmente cuando Alissandru intentaba hacerle un regalo demasiado caro y se ofendía por la negativa de ella. No parecía entender que no necesitaba regalos para sentirse apreciada. La impresionaba mucho más que se tomara el tiempo de llevarla a algún pueblo remoto en las montañas y caminara con ella por calles estrechas adoquinadas para ir a un restaurante pequeño que le habían dicho que ofrecía comida exquisita pero sencilla, hecha con los mejores ingredientes frescos. O cuando la había llevado a ver las ruinas de los templos griegos en el hermoso valle de Agrigento, aunque a él no le interesaba nada la antigüedad.

Sí, era un hombre lleno de sorpresas. Si no se lo hubiera dicho, jamás habría adivinado que su intención había sido ser médico, pero había abandonado los estudios a la muerte de su padre porque este había hecho algunas inversiones arriesgadas y la economía familiar necesitaba una mano firme. Que hubiera dado prioridad a las necesidades de su familia demostraba el cariño del que era capaz, y que echara de menos a su hermano todos los días era algo que a Isla le llegaba al corazón. En realidad, Alissandru tenía muy poco en común con Paulu, pero eso no le había impedido querer y valorar a su hermano.

—Déjame en la casa, tengo que ir a la farmacia a comprar crema para el sol —le dijo cuando volvieron a subir al deportivo de él.

—Se tarda cinco minutos en coche hasta San Matteo. Te llevaré yo —insistió él.

Isla pensó en discutir, pero luego le preocupó que eso atraería la atención sobre sus compras. Se dijo que era ridículo comprar una prueba de embarazo. Era imposible que estuviera embarazada de nuevo. Aun así, era inteligente descartar esa posibilidad, por muy remota que fuera.

San Matteo era un pueblo bonito con una plaza encantadora, rodeada por varios cafés y donde destacaban una iglesia antigua y la fuente central. Alissandru aparcó y dijo que la esperaría en el bar que había al lado de la farmacia.

La joven reconoció sin problemas una prueba de embarazo en un estante, guardó la caja en el bolso grande que llevaba y se reunió con Alissandru con una sonrisa para disfrutar de un refresco.

Cuando pasaron delante del palacio, Alissandru miró un automóvil aparcado allí y frenó de golpe.

—Fantino y su madre han debido de venir a almorzar. ¿Por qué no entras conmigo?

Isla se quedó inmóvil.

—¿Tu primo Fantino?

—Sí, probablemente lo conociste en la boda de mi hermano. No me cae muy bien, pero nuestras madres son hermanas y están muy unidas.

Isla sintió un escalofrío ante la mera idea de estar en la misma habitación que el hombre que se había aprovechado de su juventud e inexperiencia de un modo del que le había llevado meses recuperarse.

—No, gracias. No me gusta Fantino.

—¿Te acuerdas de él? —preguntó Alissandru con frialdad.

Acababa de recordar lo que había visto el día de la boda de su hermano. Se dijo que Isla era una adolescente entonces y procuró borrarlo de nuevo de su memoria.

—Sí, me acuerdo de él —repuso ella con rigidez—. Déjame en la casa. O puedo ir andando desde aquí, si lo prefieres.

Él frunció el ceño al ver su cara pálida.

—¿Qué ocurre? —preguntó.

Isla respiró hondo y lentamente y no vio motivos para ocultar la verdad.

–Fantino me agredió en la boda.

–Repite eso –murmuró Alissandru con calma.

–Ya lo has oído –replicó ella, cortante–. No quiero ver a Fantino ni tener nada que ver con él.

–Eso es una declaración muy seria –señaló Alissandru con dureza.

–Sí, y teniendo en cuenta que se fue de rositas después de lo que hizo, no siento ninguna necesidad de justificar lo que siento ahora. Por favor, llévame a casa.

Alissandru condujo en silencio hasta la casa, con el rostro contraído por la tensión.

–Tenemos que hablar de esto.

Isla bajó del automóvil.

–Es un poco tarde para hablar de ello.

–¿Y quién tiene la culpa? –preguntó él. Le quitó la llave de la puerta de los dedos flácidos–. Si ocurrió algo entre vosotros en la boda, mi madre y yo, que éramos tus anfitriones, tendríamos que haberlo sabido.

Isla sintió rabia. Entró en la casa con furia y lo miró ultrajada.

–Se lo conté a Tania y me pidió que no se lo dijera a nadie más. Créeme, pasó. Y no fue «entre nosotros». Cuando un hombre agrede a una mujer, no siempre es un malentendido compartido.

–Dime qué pasó exactamente –le pidió Alissandru, con ella paseando nerviosa por la sala de estar.

–Tania me envió a su dormitorio a buscar su bolso y tu primo me siguió. Intentó besarme y me metió la mano por el escote del vestido e intentó tocarme el pecho –repuso Isla, con un estremecimiento–. Dijo algo asqueroso y cuando lo empujé, se cayó sobre la cama y yo salí corriendo. Por supuesto, estaba borracho y todo aquello le parecía muy gracioso y se echó a reír. Pero yo estaba asustada y muy alterada. Solo tenía dieciséis años. Nunca me habían tocado antes y no sabía cómo lidiar con ello.

Los ojos de él brillaban como llamas doradas en su rostro fuerte y atractivo. La mera idea de que Fantino tocara a Isla a los dieciséis años lo horrorizaba, en particular porque había visto a Isla salir de aquel dormitorio, seguida de cerca por su primo, y había interpretado muy mal lo que había visto. Se sintió muy culpable por aquella idea equivocada. Había visto algo sospechoso y en lugar de preocuparse inmediatamente por el bienestar de una chica muy joven, había asumido que esta había estado coqueteando o algo peor y no había hecho ni dicho nada.

Eso demostraba claramente los prejuicios que ella le había acusado de tener, y en aquel instante ya no pudo negar más que su baja opinión de Tania había incluido automáticamente también a su hermana y había coloreado su interpretación de la situación.

–Siento mucho lo que te pasó, pero Fantino lo sentirá más todavía –juró en voz baja, echando los hombros atrás–. También siento no haber intervenido aquel día.

–¿Cómo ibas a intervenir? –preguntó ella sin comprender.

–Te vi salir del dormitorio. No te vi la cara, solo de espaldas, y cuando vi salir a Fantino unos segundos después, asumí que habías tenido un encuentro sexual o de coquetería con él. No me lo cuestioné.

Entonces fue Isla la que se puso tensa y lo miró escandalizada.

–¿Tú pensaste que entraría con dieciséis años en un dormitorio con un hombre para tener sexo en casa de otra persona? ¿Cómo pudiste pensar eso de mí a esa edad?

–No tengo excusa, pero lo pensé –admitió Alissandru de mala gana–. Desde el momento en que te vi con aquel vestido escotado que te hizo llevar tu hermana, decidí que eras igual que ella.

Isla gimió. Su historia con Alissandru se había visto reescrita en un abrir y cerrar de ojos. Aunque intentó consolarse diciéndose que él reconocía por fin que había tenido prejuicios.

–Me pone enfermo que sufrieras una experiencia así en mi casa, donde deberías haber estado segura. Eras muy joven. En ausencia de padres, era mi deber cuidar de ti y es obvio que no lo hice –dijo él entre dientes–. Por otra parte, Tania hizo muy mal en convencerte de que guardaras silencio sobre la agresión.

–Alissandru. No sabía nada de ti y no habría podido contarle aquello a un desconocido. Me sentía humillada y avergonzada. Tania insinuó que yo podía haberlo alentado cuando estaba abajo. Pero yo no había hablado con él cuando me siguió al dormitorio.

–¿Quieres que llame a la policía? Una agresión sexual es un delito, independientemente del tiempo que haya pasado.

Isla se puso rígida.

–No, no quiero poner una denuncia oficial. He superado aquello, pero no quiero volver a verlo ni verme obligada a fingir que no pasó nada.

Alissandru asintió con seriedad. Pensaba en las bromas de la familia sobre el modo en que abordaba Fantino a cualquier mujer atractiva que estuviera libre. Quizá eso ya no tenía tanta gracia ahora que veía el otro lado de la moneda y tenía que cuestionar el comportamiento de su primo. Además se sentía culpable porque él también había encontrado a Isla atractiva aquel día y había lidiado con eso diciéndose que era una desvergonzada. Pero él jamás habría cedido a una atracción por una chica tan joven.

—¿En qué demonios pensaba Tania para pedirte silencio? —gruñó.

Isla se quedó pensativa.

—En que eso arruinaría el día de su boda, y tenía razón. Imagínate la atmósfera que se habría creado si hubiera acusado públicamente a Fantino. Además, yo era una desconocida extranjera. ¿Me habría creído alguien?

—Por supuesto. Espero que sí —Alissandru respiró hondo—. Pero me ocuparé ahora de ello como debí hacer entonces.

—¿Qué vas a hacer? —preguntó ella, preocupada.

—Hablar con Fantino, por supuesto.

—O sea que me crees.

—Por supuesto.

Un momento después se había ido e Isla seguía paseando por el suelo de madera, sorprendida de lo que la había afectado contar por fin aquel episodio. Hundió los hombros. La aliviaba que aquel horrible secreto hubiera salido a la luz. Durante años se había sentido nerviosa delante de los hombres, temerosa de que su ropa o algo que dijera pudieran atraer un tratamiento así. Pero al final lo había dejado atrás.

Recordó la prueba de embarazo que llevaba en el bolso y abrió la caja. Por suerte, los diagramas dibujados eran fáciles de entender y decidió hacer la prueba de inmediato, antes de que volviera Alissandru.

Se dijo que no era posible que estuviera embarazada, pero, quince minutos después, miraba asombrada lo que era indudablemente un test positivo. Hacía tiempo que había devuelto el coche de alquiler y utilizaba uno pequeño que había usado Tania para sus desplazamientos por la isla. Subió al vehículo y fue hasta la farmacia a comprar otra prueba. Solo para estar segura.

Una hora después, contemplaba el segundo resultado positivo y estaba tan nerviosa que casi no podía respirar. Después de unos minutos fue a tumbarse en la cama a pensar.

Otra vez embarazada. ¿Cómo iba a lidiar con la alegría que eso producía en ella y el efecto totalmente contrario que tendría en Alissandru? ¿Cómo había podido ocurrir si habían intentado ser cuidadosos? Intentó imaginarse diciéndoselo a él, aunque quizá esa vez debiera esperar unos meses hasta estar segura de que el embarazo era viable.

Tenía demasiado sueño para pensar demasiado. ¿Conseguiría llevar el embarazo a término esa vez? Pensar así le creaba ansiedad y tuvo que reprimir esos pensamientos con firmeza para poder quedarse dormida.

La despertó el ruido del timbre y se levantó adormilada, se puso los zapatos que se había quitado antes
y pidió silencio a Puggle, que ladraba frenético.

—Tengo aquí a alguien que quiere decirte algo
—murmuró Alissandru cuando abrió la puerta—. No
llevará mucho tiempo.

Isla vio el coche aparcado detrás del de Alissandru
y divisó con desmayo a Fantino, que avanzaba hacia
ellos.

—¿Qué quiere? —siseó.

No tuvo que esperar mucho para saberlo. Fantino
había ido a pedirle perdón y lamentar el disgusto que
le había dado en la boda de su hermana, y a insistir en
que jamás le haría aquello a nadie nunca más. No se
defendió, solo concluyó su pequeño discurso asegu-
rándole que haría un gran esfuerzo por mejorar su
comportamiento. Isla observó los moretones e hinchazón de su rostro y tragó saliva, reconociendo que
le habían pegado y segura de que había sido Alissandru el que lo hiciera. «La justicia de la selva», pensó
con tristeza, pero si eso hacía que Fantino se lo pensara dos veces la próxima vez que viera a una mujer
atractiva, no tenía nada que oponer al castigo.

Aceptó las disculpas y vio a Fantino subir a su
coche y alejarse.

—No volverá por la hacienda mientras tú estés aquí
—le aseguró Alissandru.

—¿Tenías que pegarle? —preguntó ella, incómoda.

—Tenía que sacarle la verdad, y lo he hecho —replicó él, incapaz de explicar la rabia que lo había in-
vadido cuando le había puesto las manos encima a
Fantino.

La idea de que alguien pudiera tocar a Isla sin permiso de ella lo enfurecía. Saber que ella podía no ser la única víctima de su primo lo había enfadado todavía más y tenía intención de vigilarlo para asegurarse de que cumplía su promesa de reformarse.

—Yo no quería violencia y a tu madre seguro que la ha alterado esto —murmuró ella.

—Una generación atrás, podrían haber matado a un hombre por un acto que dañara la reputación de una mujer. A mi madre solo le disgusta que no nos contaras lo que pasó ese día —explicó él—. Y ahora, si estás de acuerdo, enterremos este asunto.

Isla asintió vigorosamente.

—Sí.

—Esta noche tengo una recaudación de fondos para un hospicio. ¿Me acompañarás?

—Si hay que vestir ropa de gala, no tengo nada que ponerme.

—Grazia se ha ofrecido a dejarte un vestido apropiado —explicó Alissandru—. También estará presente y le gustaría volver a verte. Probablemente planee hacerte un centenar de preguntas curiosas.

Isla miró su rostro atractivo y bajó la cabeza.

—Dale las gracias por su oferta, es un gesto generoso, pero prefiero pasar una velada tranquila aquí.

—Ha sido una tarde complicada —admitió él de mala gana. La observó con atención, notando su palidez y las sombras de tensión bajo los ojos.

—Una velada tranquila y una buena noche de sueño me harán mucho bien —declaró ella con una sonrisa forzada.

—¿Es necesario que duermas sola? —preguntó él

con brusquedad. Acarició con un dedo el labio inferior de ella–. Porque yo no duermo muy bien sin ti.

La joven abrió mucho los ojos y el corazón le latió con fuerza. Aquella admisión, que no dormía bien sin ella, le producía un calor peligroso y un deseo casi irresistible de echarse en sus brazos. Iba a salir sin ella, pero quería pasar la noche a su lado.

Alissandru bajó la cabeza y la besó, saboreando la dulzura de su respuesta instantánea. «Puedes pasar una noche sin ella», se dijo con irritación. «No eres ningún adicto». ¿Por qué tenía que ser todo tan complicado con Isla? Pensó en el segundo testamento, que había entregado a Marco. Se había sentido tonto cuando el abogado se había mostrado encantado, porque él, Alissandru, no tenía intención de ejecutar ese segundo testamento. ¿Debería haberle explicado ya esa decisión al abogado? Pero admitir que tenía una relación con Isla le había parecido un tema demasiado íntimo para contárselo a un empleado. Si se requerían más explicaciones en el futuro, lidiaría con ellas en su momento.

–Te llamaré mañana –dijo con brusquedad.

Isla se quedó quieta unos segundos, preguntándose qué había ocurrido y por qué había cambiado él de idea sobre dormir juntos. Entró en la casa, extrañamente nerviosa por el distanciamiento repentino que había hecho desaparecer la sonrisa en los labios de Alissandru. Tal vez empezara a cansarse de ella y acababa de darse cuenta.

¿Y ella? Se había encariñado en serio a pesar de todas las señales que indicaban que él no buscaba nada a largo plazo. Y peor aún, estaba embarazada y ese hecho era más importante que sus sentimientos o los de él.

Se movió por la casa, limpiando, ordenando y pensando en su dilema. Era imposible evitar lo obvio. Alissandru siempre había sido sincero con ella y le debía lo mismo. Un par de horas después, muy nerviosa, se duchó y cambió de ropa y se dirigió al palacio, intentando no pensar en lo que sentiría si veía resentimiento y rabia en la cara de él cuando le dijera que estaba de nuevo embarazada. Puggle, indiferente a su humor como siempre, correteaba junto a sus pies, impaciente por ver a Constantia o a Alissandru, pues sabía que los dos le darían comida.

Cuando subía los escalones, salió un hombre mayor fornido y vaciló un momento.

–Usted debe de ser Isla, la hermana de Tania –adivinó. Le tendió la mano–. Soy Marco Morelli, el abogado de la familia Rossetti.

Isla se puso tensa.

–Supongo que tendrá papeles que debo firmar –señaló, pensando en el tema de la venta de la casa a Alissandru. Ya había aceptado de palabra venderla, pero los distanciaba que solo estaba dispuesta a aceptar el precio de mercado y él parecía pensar que era su deber hacerle un precio más generoso.

El abogado frunció el ceño y negó con la cabeza.

–No, no tengo nada. Ya se ha rectificado un error que ninguno de nosotros habíamos detectado. Ahora que hemos presentado el nuevo testamento, solo hay que desenredar el lío que dejó Paulu. Siento mucho que haya tenido esta experiencia.

Isla se había quedado muy quieta.

–¿Nuevo testamento? –preguntó sin aliento.

–Alissandru dijo que se lo explicaría todo –Marco Morelli miró su reloj y suspiró–. Desgraciadamente, tengo que hacer otra visita y no puedo entrar en los detalles del nuevo testamento, pero, si tiene alguna pregunta, estaré encantado de contestarla en mi despacho. ¿Mañana o pasado mañana? –se ofreció.

–O sea que no tengo que firmar nada –consiguió decir ella, esforzándose por actuar con normalidad.

–No. En cuanto devuelva la herencia, el asunto habrá concluido –le aseguró él, animoso–. Sé que Alissandru desea compensarla por esta lamentable confusión, pero, para ser franco, no le debe nada, porque él tampoco conocía la existencia del segundo testamento. Lo convencí de que tenía que legitimar el testamento en el tribunal si quería evitar complicaciones futuras.

El abogado le deseó un buen día y corrió a su coche, dejando a Isla allí parada como una estatua de piedra.

Volvió muy despacio al coche, con Puggle detrás. No podía ver a Alissandru en aquel momento. Tenía que pensar, planear lo que iba a hacer a continuación, aparte de devolver lo que debía. Tenía la impresión de que su vida fuera un castillo de naipes que alguien había tirado por los aires. Todo había cambiado de un modo radical.

Su independencia, sus planes, todo quedaba destruido. Pura mala suerte, como había dicho el abogado. Alissandru había encontrado otro testamento en algún sitio y presumiblemente, Paulu se lo había dejado todo a él. Isla recordó que se habían llevado el contenido del escritorio de su cuñado y asumió que seguramente habrían encontrado allí el segundo testamento. Hasta ella sabía que uno que llevara una fecha posterior tendría preferencia sobre otro anterior. Pero probablemente hacía semanas que Alissandru sabía eso.

Sin embargo, no le había dicho nada. La casa ya era suya, pero seguía decidido a comprársela. ¿Por qué? Porque le daba lástima. A Isla le dolía mucho que no se lo hubiera dicho en cuanto se enteró de su existencia.

Sabiendo que Alissandru consideraba avariciosa a su hermana, se había esforzado por mantener la riqueza de él fuera de la relación. El orgullo le había exigido que se mantuviera independiente y la herencia de Paulu le había permitido hacerlo. Pero esa seguridad económica había desaparecido ya y, peor aún, la dejaba sin blanca y en deuda con él porque todo lo que había gastado en los últimos meses no había sido dinero suyo. ¿Cómo iba a devolver ese dinero?

Menos mal que no había derrochado a lo loco. Su cautela innata con el dinero la había hecho mostrarse cuidadosa, pero había gastado una cantidad viajando a Sicilia y viviendo de eso desde entonces. ¿Cómo podía haberle ocultado el segundo testamento?

Había sido una mentira por omisión. Sentía lástima de ella y había guardado silencio. Había planeado despedirla pagando por una casa que ya era suya y nunca le habría dicho la verdad. La habría dejado quedarse con el dinero de su hermano. Y ahora que estaba embarazada, necesitaría todavía más dinero. Sería la responsabilidad económica que él nunca había querido.

Sus ojos se llenaron de lágrimas de mortificación. Volvería a Londres. ¿Qué más podía hacer? Tenía que encontrar un modo de ganarse la vida, al menos hasta que naciera el bebé. Pero ya no podía hablarle a Alissandru del embarazo con aquella horrible bomba financiera encima. Se sentía destrozada y humillada y la única opción digna que le quedaba era alejarse sin hacer ruido.

Le escribiría una carta. Así podría lanzar maldiciones a gusto cuando se enterara de que había otro bebé en camino. No se vería obligado a mostrarse educado. Y cuando superara la primera sorpresa, ella volvería a ponerse en contacto.

Entró en internet a buscar un billete para Londres, pero se encontró con dificultades a la hora de viajar con Puggle. Viajar con perros por Europa no era algo que pudiera hacerse sin planificación. Tenían que ponerle unas inyecciones y eso había que solucionarlo antes. Podía dejárselo a Constantia, pero esa solución conllevaría explicaciones que no tenía ganas de dar.

Escribirle una carta a Alissandru le llevó horas. Después de varios intentos fallidos, se decidió por una carta sencilla. Dijo que se había enterado de lo del segundo testamento y que no tenía más alternativa que desalojar la casa. No prometía devolver el dinero porque, sin trabajo y sin casa en Londres, tenía poco sentido hablar de lo que no podía cumplir. Decía lo del bebé y le aseguraba que se pondría en contacto en cuanto estuviera instalada.

Salió de la casa con Puggle encerrado en su canasta y diciéndose que los corazones no se rompían. Se recuperaría… con el tiempo. Alissandru no la había alentado a enamorarse de él. Había sido muy claro desde el principio. Lo que tenía que hacer era concentrarse en buscar un veterinario y un lugar donde hospedarse con un perro.

Capítulo 10

ALISSANDRU se dirigió a su casa después del evento de recaudación de fondos, diciéndose todavía que dejaría dormir a Isla toda la noche sin interrupciones. Pero no fue capaz de frenar cuando llegó al palacio y siguió conduciendo en dirección a la antigua casa de su hermano. Isla había tenido un día complicado y era natural que quisiera verla y comprobar que estaba bien.

La casa estaba a oscuras, cosa que no esperaba, porque no era tarde. Golpeó la puerta con ansiedad y, cuando no consiguió despertarla, sacó la llave que siempre había tenido pero no había dicho que tenía, y la introdujo en la cerradura. Gritó su nombre, encendió luces, frunció el ceño y subió las escaleras de dos en dos. Cuando entró en el dormitorio de ella, lo encontró vacío. ¿Dónde estaba? El perro también faltaba.

¿Estaría con su madre? Las dos se reunían con frecuencia y sus respectivos perros también. Llamó a su madre para preguntarle si tenía compañía y, cuando ella le dijo que no, vio por fin la carta que había sobre la cama con su nombre en el sobre.

Cuando leyó el primer párrafo, donde Isla mencionaba su encuentro inesperado con Marco, lanzó una maldición. Cuando leyó que tenía que marcharse, él abrió el armario con tanta brusquedad que casi arrancó la puerta de sus goznes. Estaba vacío.

Isla lo había dejado y él se quedó un momento atónito, paralizado. Se sentó en la cama con las piernas extrañamente débiles. Volvió a la carta y llegó a la parte del bebé y, de pronto, en medio de todo aquel torbellino, se encontró sonriendo. Isla esperaba un hijo suyo. Obviamente, habían nacido para estar juntos. Si no fuera cosa del destino, aquello no se habría repetido.

Sonrió, sumido en un mundo propio, y después se puso en pie. Isla lo había dejado cuando lo necesitaba. Aquello lo llenaba de pánico. ¿Dónde estaba? ¿Debería empezar por llamar al aeropuerto?

Sonó su móvil y lo sacó. Era Grazia, y solo contestó porque sabía que, si no lo hacía, ella seguiría insistiendo hasta que contestara.

—¿Has perdido algo? –preguntó ella, sin esperar a que dijera nada–. O mejor dicho, a alguien.

—¿Cómo lo sabes? –quiso saber él.

—Porque he encontrado lo que has perdido al lado de la carretera, acompañada por un perrito.

—¿Al lado de la carretera? –preguntó él, consternado.

—El coche de la fuga se ha averiado –dijo Grazia–. Paré al verlos y casi tuve que obligar a Isla a que subiera a mi coche. ¿Qué has hecho?

—Meter la pata –musitó él.

—Pues están en mi casa y yo voy a pasar la noche con mis padres. La llave está donde siempre. Admite que soy la mejor amiga que has tenido en tu vida.

—Eres la mejor amiga que he tenido jamás —respondió Alissandru sin aliento. Bajó las escaleras corriendo y entró en su coche.

—Para un poco y piensa —le dijo Grazia cuando él ponía el vehículo en marcha—. No puedes entrar en frío sin saber lo que vas a decir.

—Lo sé perfectamente —respondió él.

Y lo sabía. Igual que su hermano le había dicho una vez que lo sabía, solo que a él, Alissandru, le había costado mucho más darse cuenta de la verdad.

Pero se había dado cuenta rápidamente cuando había entrado en aquella casa vacía y la posibilidad de pasar una noche sin Isla le había resultado inconcebible.

Isla estaba perdida emocionalmente. Había tenido fuerza para alejarse de la casa y luego el coche de Tania se había averiado en un punto entre la hacienda y San Matteo. Entonces había llorado desconsoladamente porque todo lo que iba mal se había combinado para formar una bola terrible que la asfixiaba.

Amaba a Alissandru Rossetti. Lo odiaba por tenerle lástima y no contarle lo del testamento, pero era el padre de su futuro bebé y el hombre al que amaba. No había tenido más remedio que aceptar la oferta de Grazia y cuando le había preguntado a esta si conocía un sitio donde pudiera pasar la noche con un perro, ella le había contestado que solo había un lugar. No había dicho nada más hasta después de parar ante una hermosa casa moderna en las afueras del pueblo. Entonces le había dicho que el único lugar que aceptaría un perro era su casa.

Casi la había empujado para que entrara y le había mostrado un dormitorio con baño antes de aconsejarle que se pusiera algo cómodo y decirle que había mucha comida en la cocina y que se sintiera como en casa.

Puggle se había acurrucado en una cesta en la cocina, con Primo, el elegante galgo inglés de Grazia, y se había quedado dormido en el acto.

Isla se había duchado y puesto un pijama. No tenía hambre ni sueño. Cuando oyó que se abría la puerta principal, asumió que sería Grazia que volvía. La entrada de Alissandru la pilló por sorpresa.

—¿Cómo sabías que estaba aquí? –preguntó.

—Me ha llamado Grazia –repuso él–. ¿Cómo has podido irte así? ¿Se puede saber qué te ha pasado?

—¿Qué otra cosa podía hacer en estas circunstancias? –preguntó ella–. ¿Cómo crees que me he sentido al enterarme del segundo testamento? ¿Dónde estaba?

—Lo encontró el ayudante de Paulu entre el contenido de su escritorio. Oye, siéntate. No deberías ofuscarte así.

—¿Por qué no? –preguntó ella, combativa–. Me has ocultado información que tenía derecho a saber.

Alissandru se aflojó la pajarita y se desabrochó el cuello de la camisa.

—¿Adónde ibas cuando se averió el coche? –preguntó.

—Esperaba encontrar un hotel que aceptara a Puggle, pero Grazia me dijo que no conocía ninguno y me trajo aquí. Después desapareció.

—Ha ido a pasar la noche a casa de sus padres –le explicó él–. ¿Cómo te iba a decir lo del segundo testamento? Sabía que alteraría todos tus planes. Sabía que te irías de Sicilia y no aceptarías mi ayuda económica. Yo no quería que te fueras.

—Me marcho —dijo ella, con la boca seca—. Tengo que lidiar con esta situación y seguir con mi vida. Puede que esté embarazada, pero no viviré de ti a menos que me vea obligada.

—Espero que te veas —Alissandru la miró a los ojos—. Quiero ese bebé. Lo quiero de verdad. Cuando por fin había llegado a alegrarme con la idea del primero, ya no existía.

—No sabía que te alegraba —susurró ella, desconcertada.

—No me diste ocasión de decírtelo —le recordó él—. Te cerraste en banda después del aborto. Pensé que no me creerías si te decía que yo también sufría, que para mí también había sido una pérdida. Había empezado a querer ser padre, a ver la situación bajo una luz muy halagüeña. Pero lo que me contuvo entonces no me contendrá ahora.

Isla frunció el ceño. No dudaba de la sinceridad de la mirada de él ni de sus palabras.

—¿Qué te contuvo?

—Todavía te asociaba con Tania en mi cabeza. No me fiaba de ti, no te conocía bien. Eso ha cambiado.

—Sí. Pero después del aborto, dijiste que no estaba destinado a pasar y eso me dolió mucho. Asumí que te referías a que las personas como tú y yo, de procedencias tan diferentes, no tienen hijos en común.

Alissandru enarcó las cejas.

—Por supuesto que no me refería a eso. No soy tan esnob. No clasifico a la gente por el dinero que tenga.

–A mí sí –le recordó ella.

–La sombra de Tania –musitó él con tristeza–. Y me causaste una primera impresión mala. No quería cometer el mismo error que Paulu y relacionarme con la mujer equivocada. Por eso me fui tan deprisa de la granja aquella mañana. Quería quedarme más, quería pasar tiempo contigo y eso me asustaba. Pensé que te olvidaría pronto, pero después de ti no he deseado a otras mujeres. Desde aquella primera noche solo he estado contigo.

Una alegría genuina embargó a Isla en ese momento. Descubrir que solo había estado con ella la hacía sentirse mucho más segura. Y que quisiera también el bebé y lo reconociera abiertamente la calentaba por dentro.

–Cuando he visto esa casa vacía esta noche, me ha destrozado que no estuvieras y entonces he sabido que te quiero y que esta vez solo me conformaré con el matrimonio.

Isla parpadeó y tragó saliva con fuerza. Y cuando volvió a mirar, él seguía observándola como si fuera la única mujer en el mundo para él.

–¿Me quieres? ¿Quieres casarte conmigo?

–Una vez dijiste que no te casarías conmigo aunque fuera el último hombre vivo. Espero haber subido algo en tu estima desde entonces –confesó él con una humildad sorprendente y, para sorpresa de ella, puso una rodilla en tierra.

–Cásate conmigo, Isla. Te quiero más de lo que nunca pensé que podría querer a una mujer. Tenerte en mi vida lo es todo para mí y no quiero perderte.

La joven lo miró sin decir nada, tan aturdida estaba.

–¿De verdad me amas? –preguntó al fin.

–Empecé a quererte la primera noche, pero no entendía por qué no podía olvidarte. ¿Te casarás conmigo? Empiezo a sentirme como un tonto aquí en el suelo.

–Pues claro que me casaré contigo –contestó ella–. Tú me quieres, me deseas, quieres al bebé… Esa es la mayor sorpresa de todas –tiró de él para incorporarlo.

–Un trozo de ti, un trozo de mí, y quizá incluso una pizca de mi hermano o incluso de Tania –señaló Alissandru–. ¿Cómo podría no querer a un hijo mío? Me ha costado mucho llegar aquí, pero ahora que estoy, no volverás a librarte de mí.

La abrazó.

–No quiero librarme de ti –murmuró ella, temblorosa. Y de pronto empezó a llorar con fuerza.

Alissandru la miró asustado y se dejó caer en el sofá abrazándola.

–¿Qué ocurre?

–Que soy muy feliz –musitó ella entre lágrimas.

–Pero estás llorando –comentó él con suavidad.

–Creo que son las hormonas –Isla soltó un hipido–. Creo que es el embarazo.

–Entonces, ¿te casarás conmigo?

–Claro que sí. No eres el único que se ha enamorado esta primavera. Yo también te amo, pero pensaba que solo teníamos una aventura porque tú no dejabas de insinuar que no duraría eternamente.

–Eso eran los últimos coletazos del soltero que intentaba seguir libre –repuso él, divertido–. Paulu me dijo una vez que no sabía lo que era el amor y tenía razón.

−¿De verdad te alegras de lo del bebé? ¿Cómo crees que ocurrió?

−No tengo ni idea y no me importa. Simplemente estoy encantado de que haya ocurrido −confesó Alissandru con ojos brillantes.

−Tengo miedo de que vuelva a malograrse.

−Yo también, pero ahora estamos juntos y juntos podemos afrontar cualquier cosa −dijo él con confianza−. Te tengo a ti y un futuro entero contigo y nunca en mi vida he sido tan feliz como en este momento.

Isla apoyó la cabeza en su hombro, esforzándose por aceptar que al fin había alcanzado la felicidad.

−Te amo −susurró−. Y lo vamos a hacer increíblemente bien juntos.

Alissandru le sonrió con tanta ternura, que a ella se le oprimió el corazón. Habían recorrido un camino escabroso hasta aquel final feliz, pero los dos habían aprendido mucho en el proceso. Toda su vida se abría a una dimensión nueva y saber que ya no estaría sola nunca más era una gran fuente de alegría para ella.

Casi cuatro años después, Isla disfrutaba de las navidades en su casa de Londres, que estaba llena de perros y niños. De hecho, Alissandru hablaba de buscar otra casa más grande en esa ciudad.

−No sé cómo habéis conseguido tener cuatro tan deprisa −declaró Grazia, mirando atónita a los cuatro niños que rodeaban a Constantia−. Gracias a Dios que yo solo espero uno −añadió, llevándose una mano al estómago por encima de su elegante vestido verde menta.

–Teniéndolos de dos en dos –señaló Isla, con ojos brillantes, pues Grazia, que se había convertido en una gran amiga, se había casado el año anterior y la maternidad era algo nuevo para ella.

Gerlanda y Cettina habían sido las primeras en nacer. Eran gemelas, morenas y de ojos azules, dos niña muy alegres que tenían ya tres años. Luciu y Grazzianu eran mellizos y todavía bebés, uno ruidoso y exigente, como su padre, pero pelirrojo, y el otro más tranquilo y más moreno.

La fotografía favorita de Isla de su boda estaba cerca de la chimenea. La mostraba con su hermoso vestido de novia tradicional, que no había sido tan moderno como Grazia habría querido hacerlo, pero sí era todo lo que Isla había soñado. Muy «como debe ser», en palabras de Grazia. La había entregado su tío en una boda veraniega en Sicilia y había sido un día maravilloso, con los Rossetti muy pendientes de sus tíos.

Le costaba trabajo creer que llevaba casi cuatro años casada con Alissandru. Durante el embarazo de las niñas había completado el curso en Londres que le faltaba para ir a la universidad. Y después de eso, había descubierto que era feliz quedándose en casa con un montón de niños y perros, porque le gustaba estar libre cuando Alissandru estaba en casa. Él ya no viajaba tanto como antes y siempre estaba con ellos los fines de semana y las fiestas. Tenían una niñera que los ayudaba y el padre participaba bastante en la parte divertida, en el baño, en acostar a los niños y, sobre todo, comprándoles juguetes.

Isla pensó con una sonrisa que la mayor sorpresa

de su matrimonio había sido esa. Alissandru adoraba a los niños, le encantaba que estuviera embarazada y quería más. Pero ella le había dicho que no, que tendría que contentarse con cuatro.

Pasaban mucho tiempo en Sicilia e Isla hablaba bastante bien italiano, aunque cometía algunos errores, que su marido se apresuraba a corregir. A veces podía ser muy irritante, pero, después de cuatro años, lo quería todavía más que el día de su boda, si eso era posible. Él intentaba protegerla de todo lo que considerara dañino para su bienestar.

Se acercó a ella con Grazzianu pegado a su pecho como un paquete bien envuelto.

—Quiere dormir.

Bajó la cabeza hacia ella e Isla leyó en sus ojos que la persona que quería una siesta era él, y no precisamente para dormir. Tomó a Lucio de brazos de su abuela y subieron arriba con los dos bebés, para echarlos en sus cunas.

—Solo quería darte esto —confesó Alissandru, sorprendiéndola, como le gustaba hacer, colocándole un collar de diamantes alrededor del cuello—. Tú has pensado que quería sexo.

—Todavía no es Navidad —protestó ella.

—Me encanta comprarte cosas. Me encanta que ya no puedas negarte —confesó él.

—Tengo más diamantes de los que puedo usar —murmuró ella, pensando en las joyas y los estantes llenos de lencería de seda y encaje que le había regalado y que tenía que admitir que le gustaba ponerse—. Pero muchas gracias —susurró, porque sabía que era su modo de mostrarle cuánto la quería.

–Pero tú eres el diamante más precioso de todos –dijo él con voz ronca–. Te adoro.

Isla sonrió con la calidez que tanto había atraído a Alissandru desde la primera vez que viera esa sonrisa. Ella era el centro de su mundo.

–Y tú sabes que te adoro… o deberías saberlo –le informó Isla, besándolo en la barbilla.

–Me gusta que me lo digan de vez en cuando –replicó él.

–¿Y no prefieres que te lo demuestre? –susurró ella.

Vio que los maravillosos ojos de él brillaban de entusiasmo y sonrió.

**Salió de una vida normal y corriente…
para acabar en la cama de un rey**

LA NOVIA ELEGIDA
DEL JEQUE

Jennie Lucas

Beth Farraday no podía creer que el poderoso rey de Samarqara se hubiera fijado en ella, una simple dependienta. El resto de las candidatas a convertirse en su esposa eran mujeres tan bellas como importantes en sus respectivos campos profesionales. Pero Omar la eligió, y su apasionada mirada hizo que Beth deseara cosas que solo había soñado hasta entonces.

De repente, estaba en un mundo de lujo sin igual. Pero ¿sabría ser reina aquella tímida cenicienta?

Acepte 2 de nuestras mejores novelas de amor GRATIS

¡Y reciba un regalo sorpresa!

Oferta especial de tiempo limitado

Rellene el cupón y envíelo a
Harlequin Reader Service®
3010 Walden Ave.
P.O. Box 1867
Buffalo, N.Y. 14240-1867

¡Sí! Por favor, envíenme 2 novelas de amor de Harlequin (1 Bianca® y 1 Deseo®) gratis, más el regalo sorpresa. Luego remítanme 4 novelas nuevas todos los meses, las cuales recibiré mucho antes de que aparezcan en librerías, y factúrenme al bajo precio de $3,24 cada una, más $0,25 por envío e impuesto de ventas, si corresponde*. Este es el precio total, y es un ahorro de casi el 20% sobre el precio de portada. ¡Una oferta excelente! Entiendo que el hecho de aceptar estos libros y el regalo no me obliga en forma alguna a la compra de libros adicionales. Y también que puedo devolver cualquier envío y cancelar en cualquier momento. Aún si decido no comprar ningún otro libro de Harlequin, los 2 libros gratis y el regalo sorpresa son míos para siempre.

416 LBN DU7N

Nombre y apellido	(Por favor, letra de molde)

Dirección	Apartamento No.

Ciudad	Estado	Zona postal

Esta oferta se limita a un pedido por hogar y no está disponible para los subscriptores actuales de Deseo® y Bianca®.
*Los términos y precios quedan sujetos a cambios sin aviso previo.
Impuestos de ventas aplican en N.Y.

SPN-03   ©2003 Harlequin Enterprises Limited

DESEO

*Lo que iba a ser un matrimonio de
conveniencia se fue convirtiendo en pasión*

Un escándalo muy conveniente
KIMBERLEY TROUTTE

Un comprometedor vídeo había arruinado la reputación de Jeffey
Harper. La propuesta de su padre de partir de cero conllevaba
algunas condiciones. Para construir un nuevo resort de lujo en
Plunder Cove, el famoso hotelero debía sentar antes la cabeza
y celebrar un matrimonio de conveniencia. Jeffey no tenía ningún
inconveniente en hacerlo hasta que la aspirante a chef Michele
Cox le despertó el apetito por algo más picante que lo que un
contrato permitiría.

Bianca

¿Quién ha dormido en mi cama?

ORGULLO ESCONDIDO

Kim Lawrence

Ardiente, rico y atractivo, Gianni Fitzgerald controlaba cualquier situación. Sin embargo, un viaje de siete horas en coche con su hijo pequeño puso en evidencia sus limitaciones.

Agotado, se metió en la cama…

Cuando Miranda despertó y encontró a un guapísimo extraño en su cama, su primer pensamiento fue que debía de estar soñando. Sin embargo, Gianni Fitzgerald era muy real.

Una ojeada a la pelirroja y el pulso de Gianni se desbocó. Permitirle acercarse a él sería gratificante, pero muy arriesgado.

¿Podría Gianni superar su orgullo y admitir que quizás hubiera encontrado su alma gemela?

DEC 2 1 2019